魔豆

魔豆

MASTER IS BUSY

門主很忙

卷二

香草——著

門主很忙
人物介紹
麥冬
門主大人的寵物白松鼠，本系列吉祥物（？），移動速度極快。
方悅兒
十六歲軟萌的姑娘。玄天門門主，文不成武不就。眼睛彷彿未語先笑般，讓人很有好感。

林靖
二十二歲。
武林盟主之子，正直爽朗的青年。
梅煜
二十四歲。
白梅山莊備受冷落的庶子，溫和有禮，彷彿永遠不會生氣。
段雲飛
二十歲的俊美青年。
曾為魔教中人，性格亦正亦邪，活得灑脫自在。

門主很忙

卷二

目錄

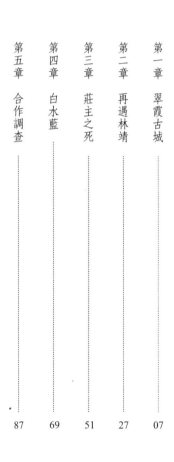

一、翠霞古城

白梅山莊所在的翠霞古城，是座經歷了數個朝代交替也依然繁榮不衰的古老城市，當地人甚至已經無法追溯他們在這裡定居多少代了。

翠霞古城位於國內數條商道的交會處，有著貿易的優勢，因此非常繁華、充斥著各種商販。

商販行走各地並不容易，尤其帶著各種貴重的商品，一定得需要能護住財物的強大武力，並擁有與他人交易的底氣，因此翠霞古城中不乏民間高手。

在這裡能夠看到來自不同民族的人，甚至還有一些有著奇特髮色的外國人，是座兼容並蓄的城市。

作爲商業重鎭，翠霞古城最不缺的便是大大小小的馬幫，這裡的居民看各種馬匹都看得麻木了，早已不感興趣，可是當見到進入古城的那輛由降香黃檀製成的馬車，以及在前頭拉車的淡金色汗血寶馬時，仍不禁露出驚艷的目光。

有些愛馬的人甚至生出不惜一切代價，也要把這些汗血寶馬買下來的想法。只是當看到拉車的馬匹數量時，都知道以馬匹主人的身分，他們是不可能請對方出讓這些馬的。

國家裡所有馬車的大小及馬匹數量隨著擁有人的身分有明確的規範，例如當官的可以用四匹馬拉車，而皇帝出行則用九匹馬，因爲在玄學上，「九」是最尊貴的數目。

單看對方擁有的汗血寶馬及馬車的奢華程度，便知道馬車的主人並不缺錢；對方還能堂而皇之地用四匹馬拉車，這表明對方有著官位。正所謂「民不與官鬥」，對方有財有勢，眾人又不蠢，自然掐熄了心裡剛生起的小心思。

而那位讓人覬覦卻又忌憚的馬車主人，卻不是人們以爲的哪位朝廷大官，而是玄天門的門主，方悅兒。

身爲武林中人，方悅兒雖不是當官的，但因爲方毅在擔任門主期間經常外出找人對練，結果他吊打各地惡霸、土匪的豐功偉績讓朝廷省卻了不少麻煩，死在方毅手上的通緝犯更是達到了非常可觀的數量。因此方毅不但獲得皇帝的重視與嘉許，還被御賜了一幅寫著「武林第一」的牌匾，同時得到一些官方特權，算是編制外的官員。

從此以後，玄天門門主除了能定期從朝廷獲得俸祿，還有一些像是出行能以四馬拉車、遇上歹徒可先斬後奏等等權利……雖然方悅兒一直覺得後者對他們完全沒用，就算沒有這福利，他們也是先斬了再說，武林中人就是這麼任性！

縱使朝廷賜予的特權沒太多用處，玄天門仍以高高興興的模樣謝主隆恩。畢竟眾人也明白方毅的武功實在強得離譜，這種可以在千軍萬馬中來去自如地取人性命，又經常高調地到處亂跑的武林高手，朝廷不忌憚也難。

那次御賜一事在玄天門看來，其實是皇上對方毅的招攬安撫，同時也是離間玄天門與其他武林門派的手段。

無論玄天門與朝廷的關係如何，只要他們收了朝廷給的好處，其他門派便會對玄天門有所顧忌。而方毅也不知道是顧忌朝廷的想法還是本性使然，往後玄天門的發展的確如對方所希望般獨來獨往，自個兒穩健地發展著，沒有與其他武林門派有太多的牽扯。

直到方悅兒上任玄天門門主，在她的統領（堂主們的費心）下，玄天門壯大了不少，讓旗下店舖做了不少善舉，兩年前的東部大水災，玄天門更是不遺餘力地出錢出力。朝廷看這門派挺識趣的，便一直沒有收回玄天門門主的特權，於是方悅兒出行時仍能使用四匹馬拉車。

尾隨在方悅兒馬車後，還有兩輛相較之下樸素許多的馬車。梅家兄弟便乘坐其中一輛，梅長暉受了重傷無法行走，梅煜便一直在他身邊照顧著。只是梅長暉對此似乎並不領情，方悅兒即使待在自己的馬車裡，也經常聽到後方傳來梅長暉對弟弟的呼喝怒罵。

另一輛則是許家的馬車，裡面坐著許冷月及她的貼身侍女如意。團隊中的其他成員則是騎馬前進。

許冷月初次看到方悅兒的馬車，以及四匹彷彿發著金光的汗血寶馬時，即使性子高冷，也不禁露出驚艷神色。

哪個女生不愛美麗的事物呢？許冷月眞如她所表現出來的那樣，以清淡素雅爲美嗎？也許並不見得。但至少在許家多年的教養下，她必須如此。

女子須要恪守婦道、節儉謙虛，以侍奉家庭爲榮的這些想法已刻劃進許冷月的靈魂裡。

遇上方悅兒，這還是許冷月初次看到與自己有著如此大差異，卻能活出另一條華麗道路的女子。

方悅兒活得如此恣意，不受一般大家族對女子言行的限制。許冷月知道自己絕不能羨慕，於是便鄙視少女鮮活亮麗的生活。

許大小姐見到對方馬車的排場時，不由得想起當官的父親還健在的日子，當時她家也是以四馬來拉車。只是在父親逝世後，許家處境便一落千丈，外有不少覬覦家族武功心法的門派，內有想把主家地位取而代之的分家之人，因此許冷月現在急需一個靠山。

本以爲白梅山莊可以作爲依靠，可想不到與她有著婚約的梅長暉卻廢了，這婚事她一定得退！

退婚後，她必須再次盡快找到可以庇護許家的人，而她心中已有了理想人選。

許冷月想到段雲飛俊美的容貌，再想到對方抱著救出自己的情景，頓時羞紅了臉。她也弄不清楚自己如此執著於對方，到底是因爲他能夠帶給許家好處，還是因爲自己眞的傾心於對方。不管如何，許大小姐已經下定決心，絕不能放過這麼一個出色的男人！

被許冷月視爲所有物的段雲飛正好在此時打了個噴嚏，心裡疑惑著自己又沒有生病，怎麼會莫名其妙打起噴嚏來？

眾人緩緩朝白梅山莊前進，他們本以爲能夠在午膳前抵達，然而卻錯估了梅長暉扯後腿的程度。

不知道是不是近鄉情怯，還是因爲進入白梅山莊的勢力範圍而有了任性的底氣，原本梅長暉在回春醫館被方悅兒威嚇一番後，一直很識時務，可進入翠霞古城後便開始作怪了，老是喊這裡累、那裡痛，偏偏每次寇秋都檢查不出他有什麼大礙。

數次下來，梅長暉不僅將寇秋折騰得不輕，也浪費了不少時間，嚴重拖慢隊伍前進的速度。

寇秋脾氣好，人老實又好欺負，梅長暉看到每次少年被自己騙到、拿著藥箱一臉焦急地趕過來，喊痛喊苦喊得更是來勁了。

見寇秋不知第幾次被梅長暉喚去把脈後，因爲隊伍停下來而順道走出馬車放風的方悅兒，跟在寇秋身後一臉純良地向梅長暉提醒：「梅少莊主，你可悠著點呀，雖然秋天傻傻的很好騙，可為了好玩而害白梅山莊傾家蕩產就不好了。」

老實說，梅長暉有點怕眼前的少女，雖然對方一副純真軟綿的模樣，但他可沒有忘記當初是誰揚言要將重傷的他掃出門外。

門主大人的話題太跳題，梅長暉一時之間抓不住重點：「方門主的意思是？」

方悅兒解釋：「秋天的診金可不便宜，雖然白梅山莊財大氣粗並不在乎這些小錢，可是我覺得還是有責任提醒你一聲。」

梅長暉聞言一臉驚訝：「什麼？你們還要收我診金!?」

方悅兒同樣吃驚：「當然呀！不然呢？」

也許是梅長暉的表情實在太震驚，方悅兒驚訝過後，便安慰道：「寇秋的出診費都是公價，你們有疑問的話查一查就知道了。放心，一定不會多收你的。」

梅長暉卻一點都不覺得被安慰到，他從沒想過方悅兒會向自己收取診金。他怎麼說也是白梅山莊的少莊主，玄天門這次對他的救助，對白梅山莊來說是一份天大的人情。可方悅兒收了錢後這份人情便變了味，怎會有人想要收診金啊!?

一旁同樣出來放風的許冷月，聽到方悅兒的話後也皺起眉頭輕聲評價道：「眞庸俗。」

至於如意卻是忍不住氣憤塡膺地說道：「妳這個人怎能這樣！梅少莊主都那麼慘了，妳又不是沒有錢，卻開口向人家索要診金，不覺得很不近人情嗎？」

「不覺得。」方悅兒秒回。

如意聞言眞想吐血，就沒見過這麼厚臉皮的人！

方悅兒一臉無辜地解釋：「而且剛剛我沒有向梅少莊主索要診金呀。相反地，我在提醒他別亂稱身體不適，好心爲他省錢。」

如意冷哼了聲：「說的比唱的還好聽，妳直接免了梅少莊主的診金不就好了？」

方悅兒歪了歪頭：「爲什麼？妳的意思是，因爲梅少莊主可憐，所以寇秋理應免費爲他服務，活該他拿不到自己辛勞所得的報酬？」

如意聞言一窒，雖然方悅兒說的話好像沒有錯，自己差不多也是這個意思，可是怎麼聽起來好像怪怪的呢？

如意總覺得對方這話說得好像她故意虧待寇秋似的，便亡羊補牢道：「我也不是針對寇堂主，只是你們又不缺錢，爲什麼要這樣斤斤計較呢？」

方悅兒一臉疑惑：「這兩者有什麼關聯嗎？因爲有錢，所以付出後就不應收取報酬，妳的邏輯很奇怪啊！難道診金不該是寇秋辛勞所得嗎？」

如意再次被方悅兒講得得說不出話來。

見方悅兒護崽子般護著寇秋，段雲飛忍不住莞爾，與連瑾閒聊道：「她很在乎你們呢，也不枉你們那麼照顧她。」

「小悅兒可護短了，你別看她好像對很多事情都不上心，但只要涉及她重視的人，小悅兒便會生出令人訝異的勇氣。反倒是面對自己的事情時，她卻是得過且過，絲毫不見這種魄力，讓我們傷腦筋極了。」連瑾在說及方悅兒護短時，不知想到了什麼，眼中閃過一絲深深的懷念與感動。只是這情緒一閃即逝，下一秒便見他聳了聳肩，道：「像如意這種言論我們沒少聽說，早就聽得麻木了。玄天門有錢、沒錢是我們家的事，收不收診金也應該是由寇秋來決定，別人憑什麼拿來說三道四？」

一旁的雲卓補充：「其實訂下昂貴的診金，其中也有想要保護寇秋的意思。寇秋醫術很好，不少患病的人都希望能讓他診治。江湖中各門派關係錯綜複雜，雖然玄天門實力不錯，可我們也不能眞的不管不顧地得罪所有門派。然而該醫治誰、又不該醫治誰，無論選擇哪個，最終都很容易得罪其他人。因此門主大人才想出這種方法，寇秋會定期開出一些名額，讓眾門派價高者得。」

蘇沐華一直默不作聲地聽著他們三人對話，此時也明白了玄天門的苦衷。因爲背景與眼界的限制，如意卻是不能體會到這點。然而蘇沐華身爲武林世家蘇家的少主，卻很明白其中的彎彎繞繞。

何況即使沒有這些原因，寇秋要收取診金也是應該的，蘇沐華實在不明白如意爲什麼總要與方悅兒過不去。雖然蘇沐華也覺得如意的想法實在太天眞，可對方終究是許冷月的人，他並不希望許冷月因爲如意的不識趣而惹上麻煩，於是便上前轉移了話題，一番努力下總算消除了一場由女人引起且莫名其妙的紛爭。

蘇沐華抹了抹額頭的汗，嘆息了聲。

女人有時候眞的很可怕……吵起來的恐怖戰鬥力好驚人！

方悅兒看著蘇沐華崩潰的模樣覺得很好玩，心想蘇家家主蘇志強看起來是個爽朗的人，可是給她的感覺卻不是太好。少女總覺得蘇志強並不像他所表現出來得率直，反而是個很有機心的人。

然而蘇沐華卻與他父親完全是兩種畫風。蘇沐華看起來像是個有著小聰明的紈褲子弟，可是與他同行一段時間後，便發現這名青年並不像外表那般精明，而且不要說欺男霸女了，青年還出乎意料地痴情、有些傻乎乎的，只懂得一股腦地對喜歡的人好。

蘇沐華對許泠月這個夢中情人可謂千依百順，而且還是不求回報地好。在知道許泠月與梅長暉有了婚約後，他便再也沒有說出想要迎娶她的話了，只是卻克制不住對許泠月多加照顧。即使明知道對方將會嫁與梅長暉，他與許泠月根本不會有結果。

不，也許就只有一直將許泠月看成沒有絲毫心計、不食人間煙火的女神的蘇沐華，才看不出少女這次前往白梅山莊是懷著怎樣的心思吧？

雖然這段旅程中許泠月的確如她所說般，一直以未婚妻的身分照顧重傷殘廢的梅長暉。只是在梅長暉某次發脾氣把她趕走後，她便找到了個台階下，一臉心高氣傲地表示既然人家不願意看到她，她便不再去礙對方的眼。那眼神就像看著垃圾般，方悅兒敢說許冷月絕對是到白梅山莊退婚的。

所以在方悅兒看來，蘇沐華其實仍然很有機會。但那傢伙只敢一股腦兒對許冷月好，卻不敢生出任何進一步發展的心，就怕唐突了他的女神。

方悅兒看著對許冷月事事關心的蘇沐華，雖然不看好他與許冷月的感情，但仍有些心軟。爲免對方難做人，方悅兒停止了與如意的爭論，任由嚷著肚子餓的蘇沐華岔開了話題，順著他的話提議吃過午膳再到白梅山莊拜訪。

聽到蘇沐華的話，眾人也覺得有些餓了。原本他們在中午前便能抵達白梅山莊，結果被梅長暉連連耽誤之下，不知不覺便到了用膳時間。

而被方悅兒嚇唬一番的梅長暉也老實了，他現在已經廢了，要是還因治療而得付出天價診金，即使他是白梅山莊的少莊主，只怕回家後也不會有好果子吃。

現在梅長暉已開始後悔先前折騰寇秋的事了，要是早知道對方只是舉手之勞治療自己，更還要收取診金，他根本就不要玄天門的人救了！

心裡忿忿不平的梅長暉卻不想想，要是他沒有幸運地遇上玄天門的人，也許現在已是荒山裡的一縷幽魂。

眾人決定先解決午膳，再繼續啓程前往白梅山莊。雖然梅煜在白梅山莊一直是隱形人般的存在，可終究是梅莊主的兒子，對白梅山莊的事也有一份責任感。現在梅長暉因傷勢的打擊而一副消極、不管事的模樣，梅煜只得代勞，以東道主的身分招待方悅兒等人。

翠霞古城是梅煜土生土長的地方，他對這裡的一草一木非常熟悉，領著眾人來到古城裡最有名的茶樓。雖然這裡食物的精緻程度比不上玄天門專門做菜給方悅兒的大廚手藝，然而卻別有一番風味，有幾樣招牌菜還獲得方悅兒的大力讚賞。

段雲飛注意到半夏她們重金買下了這幾樣招牌菜的食譜，不禁再次對玄天門寵溺自家門主有了一番新的認知。

青年感歎過後，再次感受到從對面射過來、讓人無法忽略的視線。

一開始，他還以爲只是自己的錯覺，可是多次同桌吃飯的經驗卻告訴他這絕不是他自己想太多，方悅兒這丫頭又看著他的臉下飯了！

那看他一眼、再吃一口飯的模樣實在太顯眼，段雲飛想要無視都難！

段雲飛還曾私下詢問過雲卓他們這問題，他不知道方悅兒是不是看上自己，只是清楚自己對少女完全沒有任何兒女私情，但直接與少女攤牌又好像有些尷尬，於是便想先詢問一下眾堂主的意見，再想想看如何婉拒對方的情意（？）。

段雲飛還記得自己找雲卓他們商討時表情十分嚴肅，害雲卓他們都以為發生了什麼大事。結果聽完段雲飛的憂慮後，性格穩重的雲卓倒還好，可連瑾與寇秋卻差點笑岔了氣。

最後一臉鬱悶的段雲飛只得來雲卓沒啥誠意的安慰：「放心，悅兒只是看上你的臉，並不是看上了你這個人。記得她剛與我和二弟混熟時，也有一段時間看著二弟的臉下飯，你忍忍就好。」

段雲飛：「……」

雖然知道方悅兒不是喜歡上自己而鬆了口氣，可是少女看自己的臉下飯的眼神實在太赤裸裸。方大門主飯吃得很香，可是段雲飛卻覺得一頓飯下去都如芒刺在背，再這樣下去他都快生出胃病了……方悅兒對他的欣賞，他眞的無福消受啊！

就在段雲飛再次無奈地承受著方悅兒露骨的視線時，突然聽到「喀咔」一響聲，這頗爲突兀的聲音頓時吸引眾人的注意。只見許冷月放下了碗筷，剛剛的聲響應該是她的飯碗碰撞到桌面時發出的聲音。

雖然聲響不算很大，可這舉動對向來注重儀態與教養的許冷月來說實在令人有些訝異。

許冷月神色有些不悅地說道：「我已經吃飽，想去看看梅少莊主的狀況，就先失陪了。」

說罷，她向先前還在高興地與自己說話的蘇沐華點了點頭，便站起來往外走。如意見狀，連忙匆匆跟上去。

因身體因素，梅長暉並沒有與眾人一起進入茶樓，而是留在馬車裡用膳，許冷月身爲梅長暉的未婚妻，過去照顧一下無可厚非。不過多次被梅長暉罵走後，她已有好一段時間沒有接近他了，現在突然提出來，實在怎麼看都像是藉口。

加上許冷月雖有意掩遮，可眾人仍能看出她離開時神情有點不愉快。

眾人自然不會知道，許冷月是看到方悅兒與段雲飛之間的互動，再加上愈漸接近白梅山莊，而感到心煩意亂，忍不住便洩露出了嫉妒與不悅的情緒。

待許冷月離開後，蘇沐華一臉失落地說道：「許姑娘會不會是不想與我聊天，這才故意找個藉口離開？都怪我平常只懂得舞刀弄劍，想與許姑娘聊一下詩詞歌賦也不行，談不到兩句就詞窮了。」

連瑾安慰道：「也許她真的只是想要照顧梅長暉呢？畢竟人家是未婚夫婦，她一直將重傷的未婚夫冷落在馬車裡，自己在茶樓裡大魚大肉也不好。」

聽到連瑾的安慰，蘇沐華更傷心了。有什麼比自己喜歡的女人已和他人有婚約更讓人難過呢？連瑾這番話絕對是神補刀啊！

「我、我也知道許姑娘有婚約在身，就只是想與她多說些話、讓她高興一些而已，沒有別的意思。畢竟這些日子她受了不少委屈……」蘇沐華想起梅長暉將受傷後的怒火遷怒到許冷月身上，就覺得心疼萬分。不過再想到許冷月對自己冷淡的態度，又忍不住洩氣：「就是我不懂說話，總是惹許姑娘心煩。唉……我還是回去多背幾首詩吧，不然許姑娘下次再與我談詩詞歌賦怎麼辦？」

方悅兒提議：「那很簡單啊！直接告訴許姑娘那些東西你不擅長，大家換個話題不就好了？」

眾人聽到方悅兒的話，原本覺得蘇沐華很可憐，還打算為他想想辦法，此時皆不禁一愣。

蘇沐華瞪大雙目：「這樣許姑娘會不高興吧？」

方悅兒訝異地眨動著眼睛：「你怎麼會這樣想？聊天這種事都是有來有往的嘛，你既然不擅長這話題，那硬是繼續下去不是大家痛苦嗎？直接承認自己不擅長又怎麼樣？這世上不會有完美的人，每個人總有自己不擅長的東西，有什麼好羞恥的。我就不信找不到一個蘇公子你擅長、許姑娘又有興趣的話題。」

蘇沐華出身世家，雖然性格大剌剌的，可身為蘇家獨子的他，還是有著一定程度的身分包袱。他早已習慣任何時候在人前表現出自己光鮮的一面，把不好的、不擅長的東西藏起來。

青年聽到方悅兒這種要他坦率承認自己不足的言論，一開始覺得很不可思議，可是仔細想想，卻覺得少女的話很有道理。

「哈哈！我還在想是哪個姑娘家說話這麼大氣，原來是方門主！」就在蘇沐華被方悅兒的話打動、思考其中可行性時，眾人身旁傳來爽朗的嗓音。

你確定方悅兒是大氣，不是厚臉皮嗎!?這是眾人心中同時浮現的心聲。

那個人竟然能夠將方悅兒那「不懂就直接說不懂，讓對方換個話題就好」的發言，以「大氣」二字來概括，並直接表示讚賞，也真是妙人一個呀！

二、再遇林靖

「林公子!?」方悅兒驚呼。

說話的人正是武林盟主的獨生子林靖。只見他微笑著向方悅兒拱了拱手：「方門主，想不到我們這麼快又見面了。」

說罷，林靖看了坐在方悅兒對面的段雲飛一眼，隨即向少女笑道：「我們找了那麼久，結果方門主只是往煙雨城走一趟，便成功把段公子找著了，果然拜託方門主是正確的。」

段雲飛聞言冷哼了聲，他眞的對這些名門正派厭煩透了，現在還遇上武林盟主的兒子，自然沒有好臉色。

方悅兒喜孜孜地把林靖的讚美照單全收：「嘿嘿，我當然厲害了！想不到會在這裡遇到林公子，我還打算將梅少莊主送往白梅山莊後，便帶著段公子去拜訪林盟主呢。」

林靖聞言雙目一亮，道：「眞湊巧，最近出任務經過這裡遇上些事情，便想到白梅山莊與梅莊主商討一些事。」

武林盟主這個位子說白了就是江湖中的救火員兼調解員，可惜林易光武功高是高，卻總是在閉關，結果需要武林盟主出動時，都是林靖在代理他的職務；而林易光則變成了高高在上的存在，說白了就是吉祥物。

身為精神代表的林易光，與方悅兒在玄天門的狀況倒是挺像的。

「我們一會兒也是要到白梅山莊，既然如此不如一起走吧！」方悅兒對林靖這名爽朗青年印象很好，笑著向對方提出邀請。麥冬也很喜歡林靖，此時已跳到青年肩膀上撒野。

林靖邊逗著麥冬玩，邊詢問方悅兒他們一行人的情況：「剛剛我在茶樓外，看到梅少莊主坐在馬車裡吃東西已覺得有些奇怪，方門主妳還提及此行要送梅少莊主到白梅山莊……是發生了什麼事嗎？」

梅長暉當時心情很不好，正與前來關心他的許冷月發生爭執，林靖自然早就看到他了，也注意到對方似乎行動不便、受了傷的模樣。

林靖正好看到二人在爭吵，想了想便沒有上前關心梅長暉的傷勢。不然梅長暉這人受傷後就像個火藥筒般一點就炸，林靖上前關切正好戳中梅長暉的忌諱，說不定就招惹麻煩上身了。

現在梅長暉回到自己的地盤，愈發不願意按捺著自己的脾氣，要是吵起來大家面子也不好看。

方悅兒等人看出林靖的疑惑，邊招呼著他坐下來一起吃飯，邊告訴他在煙雨城發生的事，這頓飯吃得十分融洽。

林靖本就是個容易相處的人，一頓飯下來已完美融入了這個團體。方悅兒覺得光就處理人際關係而論，林靖這位武林盟主之子可比梅長暉這臭屁的白梅山莊少莊主強多、也討人喜歡多了。

❀

方悅兒他們用膳的茶樓其實距離白梅山莊不算很遠。眾人吃飽後繼續前進，即使沒急著趕路，一行人也只花了一個時辰便來到山莊大門前。

白梅山莊的弟子看到無法行走、只能躺臥在馬車裡與他們說話的梅長暉時大吃一驚，初步了解狀況後便立即派人去山莊內通報，同時一名管事恭恭敬敬地將眾人迎了進去。

白梅山莊栽種許多梅樹，可惜未到季節，眾人無法看到梅花盛放的情景。此時天氣已愈來愈炎熱，有了綠蔭成林的梅樹遮擋毒辣的陽光，讓從大門下了馬車步行的方悅兒鬆了口氣。

雖然侍女們已爲她打傘又搧風，可這種天氣方悅兒還是覺得好熱啊！

幸好這裡有梅樹遮擋陽光，不然沿途被太陽曬著眞的會要了方悅兒半條命。她從小便很怕熱，每到夏天玄天門到處都放著冰塊，所以即使天氣再熱，少女也不會覺得太辛苦。

方悅兒都記不清楚，自己有多久沒有受過這種苦頭了。

在接待管事的帶領下，眾人來到了正廳，便見梅莊主與他的夫人柳氏已在那裡等候著。

梅莊主清瘦英俊，相較於武人，反倒像個仙風道骨的修道之人，氣質與許冷月倒是有得一拚。至於柳氏，雖然與梅莊主一樣年紀不輕，然而卻保養得宜，仍能看出些許年輕時候的影子，與梅莊主倒是一對璧人。

柳氏看到梅長暉身受重傷、被弟子用擔架抬著回來的模樣，雖然早已從進來通傳的弟子們口中知道兒子的情況，還是忍不住紅了眼眶，情緒激動地衝上前：「我可憐的兒子！魔教竟然向長暉下這種毒手，我一定不會放過那些魔教餘孽！」

梅莊主雖然心裡也難過，不過並沒有像妻子那樣先去關心長子的狀況，而是先好好接待方悅兒等人，並且向他們鄭重道謝。

此時柳氏也冷靜下來，抹著眼淚讓弟子安頓好兒子。畢竟經過一番旅途，梅長暉已經很累了，而且他現在這種狀況也不適合留在正廳。

當弟子把梅長暉送回房後，柳氏便回到梅莊主身邊與他一起招待客人，看到站在眾人之中的梅煜時，這才想起還有一個兒子在，連忙上前溫聲地寒暄問暖。

然而柳氏雖曉得梅長暉的傷並不是梅煜的責任，可是一想到兩人一起外出，受傷的卻是自己的親兒子，庶子則安然回來，她心裡怎樣也不能平靜。

何況看著梅煜幫忙招待方悅兒等人，柳氏不禁想到以前這種事都是由身為少莊主的梅長暉負責，可現在梅長暉因傷無法留下，庶子因而有了露臉的機會，柳氏對此心裡更加不平衡，就連笑容也變得勉強起來。

雖然心裡感到不痛快，可是柳氏亦不忘禮數，在謝過眾人對兒子的幫忙後，更特意感謝許冷月一路上對梅長暉的照顧。只是柳氏雖表現得很親熱、一副對未來兒媳很滿意的模樣，可是方悅兒仍能敏銳感覺到對方笑容下的疏離與審視。

大概梅夫人也猜到許冷月想要退婚了吧？

原本護送梅長暉他們回到白梅山莊後，方悅兒等人此行目的已達成，便是告辭的時候了。然而梅莊主熱情地邀請他們留下來吃一頓飯，方悅兒想著反正也沒有什麼事要辦，便應允下來。

許冷月主僕不用說，她們須要找個好的時機提出退婚，自然不會急著離開；蘇沐華身爲遇襲一事的當事人，須要與梅莊主商討並交代此次的事情，也欣然應允了下來。至於林靖，他身爲武林盟主之子，又是實際上處理武林盟主事務的人，此次前往白梅山莊也是有正事要處理，而且既然遇上段雲飛，也想向對方請教一下魔教的事，因此便打算在山莊裡待一晚，明天再起程。

於是眾人便在白梅山莊歇下，而方悅兒到房間休息一會兒後，又再興起了在晚膳前外出逛逛古城的心思。反正待在這裡也沒什麼意思，便想帶著侍女們到處去買買買。

此時段雲飛已與林靖談過，誰都不知道這兩名可說是武林中出名的一正一邪代表到底在房內談了什麼。在庭園閒逛的雲卓等人還想著兩人會不會打起來，他們從房間出來時幾人立即看過去，然而一人陽光爽朗、一人俊美英挺的臉上都沒有傷，於是雲卓等人又默默把頭轉回去。

堂主們總不能讓這兩人知道，其實他們一直待在庭園不走，就是期待能看到他們對打後變成熊貓眼的樣子。

後來這幾人沒事幹，除了前往市集看看有沒有合適藥材可入手的寇秋，所有人都加入了正在練武場切磋的一眾山莊弟子行列，一群男的在人家山莊的練武場上玩得很盡興。

方悅兒離開白梅山莊時經過練武場，看著一群在大太陽下打啊打的男生，忍不住抽了抽嘴角，突然覺得更熱了。

「方門主，妳們要外出嗎？」正所謂冤家路窄，方悅兒除了遇上同樣要出門的寇秋，還遇上從房間出來的許冷月主僕。

「嗯，外出逛逛，許姑娘要一起嗎？」雖然方悅兒覺得許冷月不會願意與自己一起走，但出於禮貌仍是提出邀請。

果見許冷月搖首拒絕：「不了，我有些事想與梅莊主談談。」

方悅兒猜到許冷月是想與白梅山莊攤牌退婚了，雖說現在梅長暉已殘廢，許冷月想要悔婚也無可厚非，但這樣急著退婚實在有些不厚道。

而且雖不知道梅莊主和柳氏會怎麼想，但聽到許冷月的要求後一定不高興，甚至感到憤慨。方悅兒頓時覺得自己趁著這段時間外出實在是個明智之舉，要是雙方真吵起來，她這個客人聽到就尷尬了，現在離開正好！

❀

誰也不能否認女人天生擁有對購物的專注與熱情，身爲女性，方悅兒自然也一樣。要不是侍女們記得提醒，她說不定便錯過了晚膳時間。

身為玄天門門主，有什麼好東西沒吃過？雖然方悅兒並不在意這場洗塵宴，她正買得起興，寧可晚些回去也想要再逛多會兒。可她畢竟不是個任性的人，雖然身為一門之主她武功不行，平常也鮮少處理門派事務，不過真需要她擔起門面時，方悅兒還是很靠譜的。

方悅兒回到白梅山莊時正好是黃昏時分，還有餘裕慢慢把買回來的東西放好、換過一身衣服後再前往飯堂。

經過練武場時，方悅兒順道看了一眼，練武場早已人去樓空，大概段雲飛他們都玩膩了，各自回到房裡了吧？

當方悅兒到達飯堂後，已差不多來到用膳時間，大家也各自陸續出現。除了受傷的梅長暉要待在房裡吃，其餘人不久便到齊，卻發現身為東道主的梅莊主遲遲不見人影。

客人都到齊了，反倒是梅莊主仍未出現，這實在很失禮，於是柳氏便讓下人到梅莊主的書房喚人。結果那人才離開不久，便傳來充滿驚恐的叫聲。

「糟糕了！夫、夫人，莊主他、他……莊主他死了！」很快地，便見有名下人驚惶失措地衝入飯堂。

柳氏的臉刷地變得慘白，滿臉無法置信地驚呼：「你說什麼!?」

下人用著快哭出來的聲音重複了一遍：「莊主他在書房遇害了！」

柳氏聞言頓時搖搖欲墜，梅煜見狀連忙上前扶著她：「母親，小心。」

然而先前在方悅兒他們面前還表現得對這名庶子很關心、一直噓寒問暖的柳氏，卻一改先前慈愛的態度，一手拍開梅煜想要攙扶自己的手，伴隨「啪」的一聲清脆響音，梅煜的手背迅速紅了起來。

柳氏卻完全沒有看梅煜一眼，甚至連方悅兒這些客人也顧不上了，拔腿便往梅莊主的書房趕去。

梅煜默默放下被柳氏打得通紅的手，隨即也一臉擔憂地緊隨離去。

留在飯堂的方悅兒等人面面相覷，最後還是林靖提議：「出了這種事，我們還是過去看看吧！」

眾人還沒到梅莊主的書房，遠遠便聽到柳氏悲痛的哭號。

方悅兒探頭往書房裡看了看，便見梅莊主仰臥在地，胸口插著一把匕首，而柳氏正跪坐在他身旁痛哭不已。

站在門邊的梅煜神色悲慟，紅著眼眶的他強忍失去親人的悲痛，安撫著方悅兒等貴客：「實在抱歉，想不到會發生這種事。」

林靖看了一眼凶案現場後，皺了皺眉：「梅莊主武功高強，什麼人能夠無聲無息地下此毒手？」

不提梅莊主本身武功高強，也不提玄天門堂主與林靖的實力，這裡還有一個打敗前魔教教主的段雲飛呢！

那個人能避過所有人耳目，成功刺殺梅莊主，武功到底該有多強大？

話說，這裡最有可能無聲無息幹掉梅莊主的人……就是武功最高的段雲飛了吧？

梅煜顯然是這麼想的，看向段雲飛的眼神充滿了懷疑，只是礙於沒有證據，因此並未多說什麼，只是素來總是溫和的他，難得態度強硬地說道：「凶徒也許還在山莊裡，請諸位盡量不要到處跑，也請各位配合我們的調查。」

方悅兒若有所思地看了段雲飛一眼，隨即抬首看向梅煜，有點不高興地詢問：「你在懷疑我們嗎？」

梅煜道：「無法否認各位也有嫌疑。外人闖入山莊犯案的可能性不大，內部的人要下手反而容易得多。」說到這裡，梅煜疲憊地嘆了口氣：「我也不想懷疑各位，只要事情一水落石出，我一定會向各位好好賠罪。」

許冷月道：「方門主，梅公子懷疑大家也是情理之中。梅莊主慘遭不幸，梅公子已經很傷心了，妳就別再責怪他了。」

方悅兒莫名其妙地看了許冷月一眼：「我就只問了一句梅公子是不是懷疑我們而已，哪一個字是在責怪他呢？許姑娘妳想太多，這樣不好。」說罷便撇過了頭不再理會許冷月。

許冷月被方悅兒的話語激得神色一變，卻立即再次端起她的高冷氣質，淡然說道：「我為剛剛誤會妳的話道歉。既然這裡沒有我們幫得上忙的事，那我們就先回去吧？」

許冷月心裡也明白自己剛剛有些失態了，可是見少女看著段雲飛時那若有所思的眼神，卻忍不住有些慌了，深怕對方會把段雲飛當嫌疑人推出來。

雖然許家早已遠離武林多年，可與方悅兒他們同行了一段日子，對於段雲飛曾爲魔教副教主的身分，她還是打聽得出來。

人的心一慌，便容易出錯，許冷月心裡本就不喜歡方悅兒，結果一不小心便說出了一些針對對方的失禮言論。

雖然許冷月現在一臉淡然，可其實她心裡有些忐忑，擔心剛剛的失態會不會在段雲飛心裡留下不好的印象。

許冷月也弄不清楚自己對段雲飛芳心暗許，到底是因爲受對方俊美出色的外貌吸引，還是因爲他是現下復興許家最適合的人選。她已把段雲飛視爲囊中之物，尤其當知道在繡品店中救了自己的人，其實便是易了容的段雲飛時，許大小姐更加覺得自己與青年緣分天定。

因此許冷月剛剛看到方悅兒把關注的視線投向段雲飛時，心裡才如此焦慮。除了擔心段雲飛會因曾爲魔教中人的身分而吃虧，也怕對方因此事勾起方悅兒的興趣，要是演變成讓方悅兒與她搶人那就糟糕了。

雖然許冷月看不起方悅兒，可她不得不承認以世俗的眼光，方悅兒的條件比自己好太多了。娶了方悅兒就等於得到了玄天門，縱使許冷月覺得自己看中的段雲飛並不是個俗氣的人，可也擔心對方受不了誘惑。

幸好現在看來一切都只是她杞人憂天，許冷月覺得只要自己積極一些，還是很有機會的。

然而就在許冷月以為事情就這麼結束、想要返回飯堂時，卻見方悅兒向梅煜要求：「我們想先去看看現場。」

「方門主，妳怎能為了出口氣就要去搗亂呢？」如意頓時氣結，覺得方悅兒是故意與她家小姐作對。正因為許冷月說要離開，方悅兒才要求要看現場，這麼折騰有意思嗎？

方悅兒道：「妳怎麼說我是進去搗亂呢？我只是想去看看現場而已。」

如意道：「追查凶手是白梅山莊的事，妳硬要蹚這渾水不是搗亂又是什麼？」

方悅兒道：「可是梅公子不是說，這裡的每一個人都有嫌疑嗎？既然如此，身為嫌疑犯人的我們就有權利清楚知道調查的進度，也理應讓我們參與。難道要把我們軟禁起來，又什麼都不讓我們知道嗎？再說，想讓我們配合也要表達出誠意，不然白梅山莊可沒這麼大的臉。」

許泠月與如意被方悅兒的話一驚，覺得她這番話實在太狂妄了。她這麼說話眞的可以嗎？

可是隨即她們便發現，眾人對方悅兒的狂言沒有絲毫的訝異與反感，甚至理應感到憤怒的梅煜，還向少女拱手告罪：「方門主的要求當然沒問題，這也是應該的，這次的事，實在委屈了各位。」

許泠月主僕卻不知道，方悅兒是玄天門的門主，現在被懷疑為殺人凶手，雖然她明白梅煜的懷疑很合理，只是她一定得要表達出不滿，因爲這關乎著玄天門的顏面。

要是方悅兒態度稍有軟化，那其他人會怎麼想？會不會認爲玄天門軟弱可欺，誰都可以踩上兩腳？

許家已經沒落，因此許泠月雖也稱得上武林世家之後，可地位卻絲毫與方悅兒沒得比。因此她們主僕二人以自己的心態來套用到方悅兒身上，其實是很大的錯誤。

畢竟一個強盛的門派與一個沒落的世家，無論待人接物的方式還是底氣，都實在是南轅北轍。

因爲家族弱勢，許冷月謙虛籌謀慣了，因此並不懂得方悅兒這種粗暴直接、甚至說得上有些以勢壓人的處事方式的必要性。見方悅兒這樣爲難剛剛失去至親的梅煜，許冷月更加不喜歡她了，覺得這姑娘眞是被寵壞了才會如此囂張，卻想不到對方舉動背後的彎彎繞繞。

不過會有這種天眞又負面想法的人，也就只有許冷月與如意而已。其實這番話即使方悅兒不提出來，現在被懷疑成犯人的段雲飛、林靖，以及蘇沐華等人也是要說的。甚至梅煜與柳氏早做好了讓眾人參與調查的打算，並沒有想要隱瞞他們什麼。

因此方悅兒提出要求後，梅煜很爽快地便讓他們進入書房。梅莊主書房很大，即使這麼多人進去也不覺得擠迫。

許冷月主僕才剛進入書房，立即便嗅到一股難聞的血腥味，頓時感到一陣噁心。再看到書房裡鮮紅的血跡，以及躺臥在地的屍體，二人神色立即變得很難看，怎麼也無法生出勇氣再踏進一步。最後主僕二人只得先行離去，繼續勉強留在書房的話，她們說不定會忍不住吐出來。

許泠月兩人離去，並沒有影響眾人調查的決心。柳氏身爲白梅山莊的女主人，也是明事理的。雖然因丈夫突然死亡而心生惶恐與悲痛，可是她並沒有因此失去理智、遷怒方悅兒等人，看到他們進入書房，很合作地離開丈夫的屍體旁邊，讓他們能夠仔細查看現場。

看到柳氏識趣的舉動，眾人皆鬆了口氣。要是她像她兒子梅長暉那樣遇事便遷怒他人，說不定會不管不顧地阻攔著他們調查，那事情便變得不好辦了。

眾人看著仰躺在地的梅莊主，這個曾統領武林一大山莊、將白梅山莊領至輝煌的男人，死的時候卻與普通人沒兩樣，就這樣雙目緊閉地失去氣息，再也不會動了。

梅莊主身上只有胸口一個被匕首刺入至沒柄的傷口，看來這便是致命傷了。房間除了地上殘留的血跡，便看不到絲毫髒亂，竟是沒有任何打鬥的痕跡。

方悅兒看了看梅莊主胸口的匕首，這一刀直插心臟，即使她所在的位置與屍體相隔了段距離，卻仍能感受到匕首傳來的寒意。這絕不是一件默默無名的凶器，也許可以成爲找出凶手的關鍵。

不過爲了保持現場的完整，眾人都很有默契地沒有立即拔出匕首，而是繼續觀察四周環境，尋找有用的證據。

「梅莊主剛剛是在桌子那邊嗎？我看到桌上有些血跡。」雲卓問道。

柳氏回答：「是的，我進入房間時，便看到夫君坐在椅子上，胸口插著一把匕首，上半身側倒在桌上，是我把他平放在地面的。」

「你是最早發現梅莊主遇害的人？你有移動過屍體、或是房內任何東西嗎？」連瑾輕輕用紙扇敲打著手心，這是他思索時慣常的小動作。

那名最先叫嚷梅莊主死訊的下人，此刻站在柳氏身邊，心情顯然仍未平復，聽到連瑾的詢問，以略帶顫抖的嗓音回覆：「小、小的並沒有動過書房內的東西。我原本想提醒一下莊主已到用膳時間，然而一打開書房的門，便看到梅莊主胸口插著匕首、上半身倒在桌上。我大吃一驚，立即上前探了探他的呼息。可那時莊主已經沒氣了，我就……就立即跑過去通知夫人。」

「所以梅莊主死去的時候，是坐在椅子上？」

「是的。」那名下人肯定地點了點頭。

方悅兒指了指桌上的兩只茶杯，問：「書房原本還有其他人在嗎？而且還讓梅莊主喝他親自沖泡的茶？」

桌上有兩只茶杯，在梅莊主那邊的被打翻了，邊緣有些喝剩的茶漬殘留。另一只則好好地放在對面桌上，杯裡有著半杯未喝的茶。而看沖茶器具的擺放位置，可以看出茶是那名不知身分的客人沖泡的。

除了能從這些茶器擺放方式看出那人是個右撇子，且與梅莊主的關係應該不錯，方悅兒就再也無法看出其他有用訊息了，於是便問：「今天下午有誰到過書房裡嗎？」

少女的話一出，在場有好幾人神色變了變，梅煜率先道：「我有到書房找過父親，不過那時書房沒有人應門，我以爲他不在就先回去了。」

蘇沐華道：「我也進過梅莊主的書房。」

梅煜想了想，又道：「據我所知，許姑娘也有……」
方悅兒等人：「……」
突然覺得梅莊主的房間好熱鬧！

三、莊主之死

眾人面面相覷，最終段雲飛提議：「一會兒我們再把大家進入書房的順序理清，現在還是先專注調查現場，以及梅莊主的死因吧！」

方悅兒眨了眨眼睛：「梅莊主就是被匕首殺死的啊！」

段雲飛沒好氣地說道：「是這樣沒錯，可是梅莊主死前並沒有掙扎，這不是很奇怪嗎？說不定他是遇上了什麼事才失去反擊之力，比如……」

方悅兒一臉恍然大悟地道：「比如被人點了穴道！」

段雲飛一臉黑線地糾正：「比如中了毒！」如果那名凶徒能夠不驚動任何人便點了梅莊主的穴道，那自然也能夠無聲無息地將人殺死，又何須點穴這樣多此一舉呢？

「對喔！那秋天你快過來看看！」方悅兒覺得段雲飛說的有理，便從善如流地接納了他的想法，立即讓擅長醫術的寇秋上前查看。

方悅兒有一個很好的優點，身爲玄天門門主的她在武林中雖然地位崇高，卻一點都不會狂妄自大。她也許不是個十分聰明的人，可只要別人是對的，她都會虛心聽取意見。

寇秋被方悅兒點名，立即上前檢查梅莊主的屍體，看起來一副方悅兒指哪他便打哪的態度，實在乖得不行。要不是早已知道寇秋的身分，誰都看不出這個呆呆的少年就是玄天門的四大堂主之一。

寇秋查看了梅莊主的屍體後，神色頓時凝重起來，隨即分別拿起桌上的茶具逐一檢查。整個過程中，他表情十分嚴肅，原本是個掉進人群中便毫不起眼的少年，此刻竟散發著令人肅然起敬的氣勢。在自己所擅長的領域中，寇秋耀眼得讓人移不開視線。

這突如其來的氣勢，使眾人不禁屏息靜氣地等待少年得出答案，深怕自己發出任何聲響都會打擾到他的調查。

寇秋檢查完梅莊主的屍體及桌上的東西後，輕輕吁了口氣，瞬間又變回那個呆呆的、很好說話的少年：「段大哥的猜測是正確的，梅莊主確實是中了毒，毒名為『白水藍』。」

「白水藍?」眾人面面相覷，都是一副沒聽過的模樣。

寇秋取出一個小藥瓶，只見少年打開上面的木塞，小心翼翼地從裡面倒出一些藍色粉末：「這便是白水藍。白水藍是出產自西域、生長在死水中一種特殊而稀有的植物，它成長時分泌出的毒素會讓水變成乳白色；而當白水藍成熟結果，那些毒素便會瞬間被它吸收，隨即結出有毒的藍色果實。果實無論是直接吃進肚子，還是接觸到傷口，都能使人中毒。這些粉末便是用白水藍的果實風乾磨碎而成，只要少許，便能放倒一個絕世高手了。」

梅煜問：「所以白水藍的毒性並不致命？要不然凶徒為何用這種毒藥放倒父親後，還用匕首殺死他？」

寇秋搖首：「白水藍的毒是致命的，只是使用它之後，從毒發至身亡需要一段頗長的時間，期間只要服下解藥便可脫離危險。正因爲白水藍的殺傷力不強，因此人們使用它，大多是用來放倒高手。要知道內功高強的高手，對毒藥都有一定的抵抗力，甚至還能以內力逼出一些毒。可是白水藍卻是武林高手的剋星，無論內功多高，中了白水藍，毒發時便會立即全身無力，只得任人宰割。」

寇秋頓了頓，便用銀針沾了些梅莊主胸口的血跡。只見原本鮮紅的血液觸及銀針後，露出一絲微不可見的藍光：「這就是純銀觸碰到白水藍的反應，可以肯定梅莊主死前被人下毒了。」

段雲飛總結：「所以可以推斷梅莊主是先中了白水藍的毒而失去活動能力，接著凶徒才能在不驚動任何人的情況下，輕易殺死梅莊主。」

寇秋頷首：「是的。」

段雲飛咧嘴一笑，笑容充滿惡劣的意味：「而在我們之中，現在確定身懷白水藍這種毒藥的人，便是寇秋你了對吧？」

眾人：「……」

寇秋：「……QAQ！」完全無法反駁啊！

見寇秋急得快要哭了，方悅兒卻好想笑，心想寇秋把事情調查得這麼詳細認真，結果調查到將嫌疑拉到自己身上了！

不過寇秋是玄天門自己人，方悅兒還是好心爲他開脫：「可是秋天因爲想購買藥材，一整個下午都在外面逛市集。何況他並沒有進入過梅莊主的書房，即使他手上有白水藍也無法殺人啊！」

方悅兒說得有理，段雲飛想起那一大串曾到過梅莊主書房的人，不禁頭痛起來。那些人怎麼都像約好了似的，淨往書房跑呢？

「既然暫時無法從梅莊主的死因鎖定凶手，也許我們可以從大家前往莊主書房的時間來推斷？」連瑾提議。

方悅兒苦惱地嘆了口氣：「要是梅莊主是中了白水藍後被殺，那麼嫌疑人的範圍就變廣了。畢竟梅莊主中了毒後誰都能將他殺死，因此下手的人也不一定是懂武功的，即使是個不擅武的人也可以做到。」

段雲飛聞言，故意逗方悅兒道：「比如像妳這樣嗎？說得也對，原本我還覺得以妳的武功殺不了人，可現在卻不一定了。」

方悅兒冷哼了聲：「要讓你失望了，我與寇秋一樣當時都不在山莊內，因爲下午我外出逛市集了！我想說的是那些不懂武功的下人，只要在山莊裡的人都有殺人嫌疑啊！」

段雲飛深思了一會兒，再次轉向寇秋：「茶水都有毒嗎？是一杯還是兩杯都有？還有，茶壺的茶有驗出白水藍嗎？」

先前已把桌上物品驗過一次的寇秋，立即回答段雲飛的疑問：「兩杯茶水都有毒，另外，茶壺內的茶同樣有毒。因爲白水藍毒發至死的時間較慢，我猜下毒的人預先服了解藥，再把毒下在茶壺裡。」

段雲飛聽完後分析道：「下毒的人要是能與梅莊主一起喝茶，那就絕不會是下人了。放眼這白梅山莊，也就只有梅莊主的家人及我們這些客人有資格與莊主一起喝茶，所以有最大嫌疑的人是我們這些人才對。」

方悅兒聽過段雲飛的解釋後，不得不承認對方的推論很靠譜，青年這麼快便條理分明地鎖定了嫌疑人的範圍，她對此雖然臉上不顯，但心裡其實十分佩服。她對查案很有興趣，可是智商卻似乎不在線，提出的想法總是被對方否定。

少女卻不知道，段雲飛心裡其實也頗爲佩服她。雖然方悅兒的猜想總有些不切實際，可是每次的發言都正好說在重點上；即使想法錯誤，但也能夠引導眾人注意到一些很重要的關鍵。不得不說這姑娘的直覺眞的很敏銳，總是能夠察覺到事情的重點。

眾人再次檢查了書房一遍，卻未有什麼特別的發現了，梅煜於是便提出讓眾人先回去用晚膳，之後再從長計議。

❀

白梅山莊發生莊主被殺這種大事，整座山莊都籠罩在一片愁雲慘霧中。眾人也沒有心情吃東西了，食不知味地匆匆用完膳後，便開始各自理清他們這一天各自做了什麼事。

莊裡出這麼大的事，就連臥床養傷的梅長暉都被驚動了，讓下人把他抬了出來，頓時梅家三口、玄天門眾人、許冷月主僕、段雲飛、蘇沐華與林靖聚集在一起，氣氛凝重嚴肅。

方悅兒率先打破沉默：「我就先說自己今天的行蹤吧。來到白梅山莊後，我到房間休息了一會兒後便外出逛街市，直至黃昏才回來，自始至終都沒有進入過梅莊主的書房。一整天下來我的侍女都與我一起行動，所以我們沒有下殺手的機會……對了，我離開山莊的時候還遇上許姑娘呢！」

其實方悅兒說最後那句話並沒有特別意思，只是突然想到而已。可那時候許冷月是去找梅莊主有事商談，現在方悅兒提起，倒像是暗示她是凶手似的，因此少女的神情便有些不好了。

「既然方姑娘特意提起了我，那我便說說我這天的行蹤吧。」許冷月道：「到達山莊後我先到房間安頓好，接著便去找梅莊主商談事情，前往書房的途中遇上了方門主。後來事情談得不順利，我便告辭離開書房了。晚膳前，我想再嘗試說服梅莊主，於是便又前往梅莊主的書房，只是卻在走廊遇上迎面走來的梅公子，被告知莊主不在書房裡，於是便離開了。」

段雲飛問：「所以妳只有在第一次，也就是剛到白梅山莊不久時，進入梅莊主的書房，對嗎？」

許冷月被心上人提問，心裡生起一絲甜蜜與羞澀：「是的。初次與梅莊主商談後我便回到房間，此後一直留在房裡看書，直至快要到晚膳時間才再次去找梅莊主。」

段雲飛續問：「可以告訴我們，妳找梅莊主是商談什麼事嗎？」

其實眾人對於許冷月前往白梅山莊的目的心裡已有所猜測。果然，許冷月略帶心虛地看了柳氏與梅長暉一眼後，便垂下眼簾低聲說道：「我想與梅少莊主解除婚約。」

「賤人！妳說什麼!?」梅長暉自從受重傷成了廢人，性格變得急躁易怒，聞言後更是目眥盡裂。柳氏雖然仍能控制自己不口出惡言，可是神情也是難看得很。

「梅少莊主，我自知取消婚約的做法很不厚道。可是我們的婚約只建立在兩家的利益上，小女子不求名利，只盼能獲得一名知心人，並不想要這種只以利益綑綁著的婚事，希望你見諒。」許冷月神情悲切，說罷便向梅長暉盈盈一福，姿態放得極低。

人本就容易同情弱者，更何況許冷月這弱女子美麗又柔弱，而且話裡的重點在於她並不是看不起受傷的梅長暉，而是想勇於追求自己的愛情與幸福。這話聽起來實在很勵志，至少無論她是不是眞這麼想，要糊弄一些本就對她有好感的人已是足夠——例如蘇沐華。

不見蘇沐華看著許冷月的眼神都溫柔得要滴出水來了嗎？說不定人家蘇公子還很自戀地認爲許冷月也許也傾慕著他，正爲兩人未來的幸福而努力呢！

至於許冷月最為在意的段雲飛，卻是對此事沒太多的想法。畢竟對他來說，許冷月與梅長暉的婚約變成怎樣都與他無關。

段雲飛之所以詢問許冷月與梅莊主商談的內容，也只是想要看看這件事會不會與命案有關，沒有絲毫關心對方的心思。

梅莊主被殺，而他們這些在武林中排得上名號的高手竟完全沒有察覺，段雲飛對此非常感興趣，獲得了許冷月的答案後，他完全沒有多想，注意力很快轉移至另一個被許冷月提起的人——梅煜。

「梅公子下午到梅莊主的書房，是有什麼事嗎？」段雲飛被這案件勾起了興致的結果，便是他越俎代庖地開始主導起查案的事。

雖然段雲飛此舉有些不妥，只是現在白梅山莊的少莊主殘廢了，柳氏只是一個不懂武藝的婦道人家，梅煜又是個不管事的庶子，於是也沒有人來阻止他。也許在方寸大亂的梅家人心裡，反而還慶幸有個鎮得住場面的人接手呢。

因此梅煜對被段雲飛反客為主地詢問也不以為然，很合作地答覆：「是的，父親派下人傳話說有事與我商談，讓我到書房找他。只是前去時，父親卻不在書房裡，於是我便先離開了，正好在離開時遇上許姑娘。」

段雲飛問：「你親眼看到房間裡沒有人？」

梅煜搖首道：「不，我敲了門，房裡卻沒人回應。」

段雲飛續問：「知道梅莊主找你是有什麼事嗎？」

梅煜再次搖了搖頭。

一旁的梅長暉卻忍不住冷笑：「你就別裝作什麼都不知道了，我們與父親吵起來的時候你就在門外，可別說你什麼都沒聽到！」

方悅兒立即敏銳地抓住了梅長暉話裡的重點：「你們與梅莊主發生過爭吵？」

梅長暉一臉不忿地正要說些什麼，可此時柳氏卻隱隱拍了拍他的肩膀，他便像想到什麼似地神色大變，並且咬牙道：「我們爭論的事與父親的死沒有關係，我沒必要告訴妳！」

柳氏的態度相較於梅長暉柔和得多，可話裡的意思卻同樣無可置疑：「我們說的是家事，並不方便向大家談及。」

人家都說是自家的私事了，哪個大家族沒有一些不可告人的祕密呢？如果是別人也許會有所顧忌，這個話題便就此打住了。

偏偏段雲飛卻不是個會顧忌他人的人，他可是因為這宗有趣的案件而感到興致勃勃呢！聽到柳氏的話後，不客氣地指出：「既然梅夫人、少莊主與梅莊主發生過爭吵，說不定這就是殺人動機呢！在場所有人都有嫌疑，毒是下在兩杯茶水裡，能夠與梅莊主品茗的人除了我們這些客人，也可以是他的家人。我說得對嗎？梅夫人？」

段雲飛這話說得很不客氣，卻是在理。現在發生這種事，白梅山莊的頂梁柱倒下了，身為繼承人的梅長暉又廢了，基業可說是岌岌可危。

梅莊主死後，柳氏身為未亡人，是白梅山莊裡最能說得上話的人，要是現在傳出她殺死梅莊主的風言風語……

柳氏想到這件事的嚴重性，不得不坦白：「大家散去以後，我便到長暉的房間照顧他，不久夫君也過來了。想不到他卻提出長暉的傷勢要是無法復元，便讓梅煜當繼承人。」

柳氏顯然對此充滿恨意，也顧不上在方悅兒等人面前裝出一副母慈子孝的模樣了。不久前還一臉慈愛地一聲聲叫著「煜兒」，噓寒問暖，現在卻是一臉恨意地直呼梅煜的名字。

只聽柳氏續道：「我當然不贊成，梅煜非長非嫡，憑什麼當山莊的繼承人？長暉也覺得委屈，便與夫君吵了幾句，結果夫君便生氣地拂袖而去。夫君把門打開時，我還看到站在門外偷聽的梅煜。」

梅煜解釋：「我只是想過去看看兄長的狀況，並不是存心偷聽……」

然而青年的解釋卻只換來柳氏的冷笑，顯然完全不相信。

段雲飛問：「之後你們還有與梅莊主見面嗎？」

梅長暉狠狠瞪了梅煜一眼後，隨即一副心裡有氣的模樣說道：「我這副破身子除了臥床哪裡都不能去，父親離開後，我就一直待在房間裡沒有再見過他。」

柳氏道：「後來我有再到書房去找夫君，只是他還在氣頭上，回說不肯見我。直至晚膳時一直等不到他過來，就聽到下人說夫君遭遇不測了。我趕過去書房，便看到、看到……」說到這裡，柳氏已是泣不成聲。

段雲飛問：「梅夫人妳到書房找梅莊主、被他拒見時，是什麼時候？」

柳氏道：「正好酉時。」

段雲飛續問：「有見著梅莊主嗎？」

柳氏搖了搖頭：「沒有，方才說了，那時夫君還因長暉的話而在氣頭上，沒讓我進書房。」

見在梅長暉與柳氏身上問不出什麼，段雲飛便轉向林靖：「你呢？你又是什麼時候、爲什麼會到梅莊主的書房裡？」

不知是否因爲雙方曾代表著一正一邪兩方勢力，方悅兒覺得段雲飛雖對林靖沒什麼惡意，但與他說話時特別不客氣。反倒是林靖這個武林盟主的兒子很好脾氣，對段雲飛的態度非常包容。

只聽林靖解釋：「我前些時候遇上了蘇志強蘇大俠，他知道我會途經翠霞古城，便請我幫忙給梅莊主送了封信。我到書房將信交給梅莊主，並簡單交代了一聲在古城執行任務時發生的一些事，在書房逗留的時間不足一刻鐘。後來言談間，梅莊主提出想詢問清楚梅少莊主遇險的細節，我離開時便順道通知了蘇公子進書房。」

不待段雲飛詢問，蘇沐華便主動交代事情：「梅莊主只是詢問一下我們在山上是如何遇險的，我把事情告訴他後便離去。後來在庭園遇上許姑娘，就與她聊了一下。」

方悅兒看了看許冷月，又看了看蘇沐華，心想蘇沐華還有心情去把妹，似乎不像是殺了人後心虛的模樣。

到底殺死梅莊主的凶徒，是誰？

四、白水藍

方悅兒全神貫注地思考著到底誰是眞凶，結果段雲飛喚了她幾次也沒有回應，還是半夏輕輕拍了拍她，才讓門主大人回過神來。

「你們玄天門呢？有沒有事須要補充的？」段雲飛看著愣愣回過神來的少女，不得不佩服對方這樣也能發呆。

不過段雲飛對方悅兒的觀感因爲這次的事轉好了不少。在場要論地位的話，最高的莫過於方悅兒，若她硬要對調查指手畫腳、甚至要求主持調查，段雲飛到時還眞會拿她沒奈何，只能看著她折騰。

幸好方悅兒雖然沒什麼本事，可至少不會不懂裝懂，很乾脆地把調查的主導權交給他負責，讓他行事變得方便許多。

也難怪雲卓等人那麼疼她，有這麼貼心的妹妹確實讓人省心，至少將她捧得再高也不怕她亂折騰。

方悅兒聽到段雲飛的詢問，想了想後，道：「也沒有什麼須要補充，如先前所說那樣，我與半夏她們、還有寇秋，都沒有在白梅山莊久待。至於雲大哥他們……都在練武場？」說到雲卓等人的行蹤，不在白梅山莊的方悅兒便不確定了，一臉疑惑地看向提及之人。

雲卓接過了話題，道：「一開始我與二弟、四弟一起待在庭園，後來四弟離開了山莊，我與二弟看到白梅山莊的弟子在練武，便加入進去與他們切磋，那時段公子你和林公子也加入了我們。我們在練武場待了大約一個時辰後，便到庭園的涼亭休息納涼。」

方悅兒立即想起也到過庭園的另外兩人：「你們有在庭園遇上許姑娘他們嗎？」

雲卓道：「並未遇上。」

方悅兒思考：「所以你們到庭園的時間錯開了？」

一旁的連瑾「唰」地打開了紙扇：「這個我知道喔，我們是在許姑娘他們離開後才回到庭園的。」

方悅兒奇怪地詢問：「欸？你為什麼這樣肯定？」

連瑾笑道：「因為許姑娘的房間在走廊另一邊，要走到梅莊主書房時會經過練武場，我那時正好在練武場遠遠看到許姑娘被蘇公子送回房間。」

方悅兒雙目一亮：「所以你們在練武場的時候，能看得到有什麼人出入書房囉？這樣一來，不就可以確定大家提供的行蹤了嗎？」

連瑾伸出食指戳了戳方悅兒的額頭：「小悅兒，我們之中就只有許姑娘的房間遠在走廊另一邊喔！而且我們也不是一直待在練武場，在梅莊主出事前，我們都待在庭園裡。」

許冷月聽著方悅兒與連瑾的對話，臉上不禁露出難堪的神情。

白梅山莊佔地廣大，當然不會沒有足夠的客房讓他們使用。一般來說，在不是住滿客人的情況下，安排客人住在位處偏僻的房間是非常失禮的。下人必定不敢擅自主張安排許冷月主僕住在走廊盡頭，這明顯是梅莊主或柳氏的授意。

也不知道他們這樣的安排，是因爲看不起家道中落的許家，想要對許冷月這個快要過門的媳婦下馬威，還是看出許冷月有悔婚的意圖，這才故意爲之？

無論是哪個原因，都足以讓許冷月記恨上白梅山莊。雖然許家家道中落，可是許冷月憑著她的才情與姣好容貌，一直受到各才子的追捧，被人如此不留情面地欺辱已令她十分難堪，現在被連瑾明著說了出來，許冷月只覺得臉上火辣辣的，感到難過又委屈。

雖然眾人也看出許冷月的難堪，但除了蘇沐華一臉心疼地溫柔安慰著、逗她開心，其他人對此都是不以爲然。

畢竟在他們看來，無論許家與梅家是不是只因爲利益而聯姻，可是梅長暉才剛剛出事不久，她便立即急著解除婚約實在有些不厚道，也怪不得白梅山莊故意冷待她，只能說是她自作自受吧。

段雲飛聽過眾人下午的行蹤後，做了簡單的總結：「我大致了解諸位各自的行蹤了：梅莊主先去了梅少莊主的房間，與梅夫人及梅少莊主發生了爭執後便回到書房。接著先後前往書房找梅莊主的人有許姑娘、林少俠與蘇公子。隨後梅夫人前往書房，可是卻沒有見著梅莊主，只聽到梅莊主的聲音從書房裡傳出，說不見人。接下來梅公子與許姑娘也先後到過書房，可是敲門後房間卻無人應聲，是這樣對嗎？」

眾人仔細思考後都點了點頭，沒有人對段雲飛的整理有異議。

林靖想了想，道：「也就是說，最後一個看見梅莊主的人是蘇公子，而我與許姑娘都是在那之前進入書房的人，我們二人的嫌疑應該可以排除了吧？」

方悅兒也表示：「我與半夏她們，以及寇秋都不在山莊。而雲大哥與狐狸那時一直在練武場，我們全部都沒有到過梅莊主的書房，所以我玄天門眾人的嫌疑應該也可以清除了？」

段雲飛點了點頭，同時也順道釐清自己的嫌疑：「我也是，我一直與雲堂主他們一起行動，可以先排除我的嫌疑。」

雖然初步來看，玄天門的人的確沒有能殺人的時機，可是有些人就是見不得方悅兒好。只見一直陪伴在許冷月身旁的如意，一臉不服氣地說道：「說玄天門的人沒有可疑，怎麼偏偏就只有這個門派的人都沒事呢？對了！那個叫寇秋的明明就藏著毒藥，要我說的話，他的嫌疑最大才對！」

如意的話雖有針對的成分，可是寇秋擁有毒藥白水藍卻是事實。

寇秋嘆了口氣，取出裝著白水藍的藥瓶，道：「雖然我身上的確有白水藍，可那是因爲白水藍的藥性可以治療……哎呀！」

就在寇秋說話的時候，一道小小身影迅速掠過，隨即原本放在桌上的藥瓶頓時不見蹤影！

當眾人視線終於追逐到那道小身影時，這才發現竟是方悅兒的寵物松鼠麥冬！松鼠在靈巧與速度上本就有著物種的優勢，從小被寇秋以各種祕藥餵養長大的麥冬，更是將這種優勢無限放大。牠的動作實在太快了，即使這裡有著不少武林高手，卻都在牠暴衝時完全阻止不了牠，讓牠成功奪走白水藍。

只見小松鼠輕輕巧巧便躍到了橫梁上，雙手抱住藥瓶人立而起，黑潤的鼻子對著瓶口嗅了嗅後便咬開藥瓶的木塞，隨即更鬆手打翻藥瓶，並且津津有味地吃著散倒在橫梁上的白水藍粉末！

這是毒藥耶！是不久前才毒倒了梅莊主、功力再深厚也防不勝防的毒藥白水藍耶！

眾人見到麥冬的動作後皆倒抽一口氣，相較於被嚇倒的梅煜等人，玄天門眾人倒是沒有表現出太擔憂的模樣。

「麥冬，你這個壞孩子，快回來！」方悅兒罵了麥冬一聲，不過誰都聽得出話裡是無奈多於責備。而麥冬聽到方悅兒的責罵後，便丟下橫梁上吃掉一半的白水藍，「嗖」地回到少女肩膀上。

眾人看到方悅兒的態度，這才想起這小松鼠一身是毒，聽說抗毒能力也很強悍，難道連白水藍的毒也拿牠沒奈何嗎？

眾人疑惑的眼神太明顯了，剛把散落在橫梁上的白水藍粉末回收的寇秋，苦笑著解釋：「麥冬小時候身體太弱了，牠是那種難以長大、輕易便會夭折的體質。當年我死馬當活馬醫，修改了一本古籍上煉製藥人的方法，用了不少藥物才讓牠活下來。結果一不小心便把牠的體質調得太強悍了些⋯⋯白水藍這種毒對麥冬來說完全沒有影響，只有當零嘴的份。」

蘇沐華問：「可是白水藍不是無色無味嗎？為什麼還會吸引牠去吃？」

這次回答的人換成了麥冬的主人方悅兒，只見少女輕笑道：「松鼠的嗅覺非常敏銳喔。牠們可以憑嗅覺得知堅果內部的空實，也可以找出埋在地下用以過冬的堅果。麥冬的身體被寇秋用藥物加強過，比一般松鼠更加強悍。說不定我們人類認為無色無味的白水藍，在麥冬眼中卻是又香又好吃的美食呢！」

方悅兒說到這裡，頓了頓，隨即雙目發亮地對站在她肩膀上用前肢努力洗臉的小松鼠說：「麥冬，你還能嗅出這裡有沒有別的白水藍嗎？」

聽到方悅兒的詢問，麥冬歪了歪頭，一副傻乎乎的模樣：「啾？」

方悅兒一把奪過寇秋手中的藥瓶，打開木塞移至麥冬面前，一臉興奮地說道：「麥冬，你能找到這裡還有沒有白水藍嗎？就是這種味道的東西。」說罷，少女搖了搖手中的藥瓶。

如意見狀，一臉鄙夷地小聲說道：「她以爲自己養的是獵犬嗎？」

許冷月心裡也對方悅兒的舉動不以爲然，不過嘴上仍是斥責：「如意妳別胡說，方門主也是心急想要查明案件而已。」雖然表面上是責備，可話裡卻有著方悅兒不夠冷靜、過於求表現的意味。

許冷月主僕的話才剛說完，便見麥冬「嗖」地躍前，掛在林靖腰間啾啾地叫著。

「嗯？怎麼了？哎呀我給你就好，你別咬……」林靖眼見麥冬快把腰帶都咬斷了，連忙掏出一個藏在腰帶裡的錦囊。麥冬看到錦囊後，便果斷放過林靖那可憐的腰帶，銜著錦囊喜孜孜地跑回方悅兒肩膀上，向自家主人獻寶了。

方悅兒一臉驚訝地看著尷尬拉好鬆掉腰帶的林靖：「想不到身上藏著白水藍的人是林公子啊……」

林靖超委屈地盯著麥冬：「冤枉啊！這錦囊並不是我的東西，是我在攔截一名風雨樓的殺手時獲得的。何況裡面就只有一封寫滿暗語的信，並沒有看起來像白水藍的東西。」

風雨樓是江湖上一個情報與殺手組織，傳說只要出得起價錢，便沒有他們打聽不到的情報、殺不了的人。

風雨樓幹著出賣情報與殺人的生意，自然損害了不少人的利益。多年來不是沒有人想剷除他們，只是誰都弄不清楚風雨樓的總部在哪。即使成功剷除某些據點，事後卻會換來風雨樓不計代價的瘋狂報復。

正所謂不怕賊偷就怕賊惦記，誰想日夜防著被殺手暗殺呢？何況只要有需求，便會有像風雨樓這種組織的存在，怎樣也消滅不完。於是不知不覺中，黑白兩道都默許了風雨樓的存在，只要對方別盯上自己，一般人都是不會理會的。

像林靖這樣身為武林盟主之子、實際實行盟主職責的人，經常被人盯上性命，一年來總有幾次遇上風雨樓殺手的刺殺。這一次，林靖便在翠霞古城遇上這些殺手，他之所以前往白梅山莊，除了送信，也是告知梅莊主有風雨樓的殺手在他們地盤出沒。林靖萬萬想不到，在這次的刺殺中，從殺手身上奪走的錦囊竟爲自己帶來大麻煩。

林靖眼神清明，沒有絲毫心虛閃爍，一番話說得理直氣壯，令眾人不得不信服。

方悅兒將錦囊交給寇秋：「秋天，你看看。」

寇秋先是查看錦囊一番，確定了存放信紙的只是尋常的錦囊後，這才抽出裡面的信件，看過後露出訝異的神情：「這信紙的字……是以白水藍磨成粉末後寫成的。」

眾人聞言皆露出驚訝的神情，林靖則是整個人都懵了：「還眞是白水藍？」

梅熤一臉訝異：「可爲什麼要把白水藍當成墨來寫字？一不小心寫信、收信的人都會中毒的，這樣做目的何在？」

蘇沐華懷疑地打量著林靖：「該不會是想要掩人耳目吧？假設林公子是殺死梅

莊主的凶徒，用這種方法帶來毒藥，需要時再從信紙中取出白水藍、下在茶水裡。事後被人調查，信紙也是很好的偽裝。要不是這次麥冬找到，根本沒人能猜出你將白水藍當成墨來使用。」

林靖雖然仍是一臉懵逼，也弄不清楚為什麼那個風雨樓的殺手要將白水藍當作墨來書寫，不過他知道自己麻煩大了，現在最重要的是消除自身嫌疑：「我當時是在想要殺我的殺手身上找出這信件，並不知道他為什麼以白水藍來寫信，可若我真以這封信來把毒下在茶水裡，卻該如何辦到呢？毒藥已經滲入紙中，要將其下在茶水裡，除非我將有著字跡的信紙浸在茶裡。可是大家看看，信上的字跡保存完好，根本沒有遇水化開的痕跡；信紙也沒有絲毫損傷，可見我並沒有利用它來做任何壞事。說實在的，在此之前我連這信件是用白水藍所寫的都不知道呢！」

方悅兒聽到林靖的辯解，想了想，問：「林公子，你知道那名刺客是誰派來暗殺你的嗎？」

林靖搖首：「想要殺我的人可多了，何況刺客已被我所殺，想要追查也無跡可尋了吧。當時我也想要查探殺手身上有沒有什麼信物，結果便找到這錦囊。錦囊裡的信紙寫著一些無法解讀的暗語，我就想著帶走看看能否解開。哎……早知如此，當初就不好奇地收起錦囊了。」

方悅兒沉默半晌，道：「你說會不會……這封信上的毒本來就是用來殺你的？」

林靖愣了愣：「此話怎說？」

一旁的連瑾卻已是「唰」地收闔紙扇，激動地敲了敲桌面：「這樣一來就說得通了！我先前就在奇怪，殺手身上一般都不會有任何可識出身分的東西，爲什麼林公子會在殺手身上搜出信件呢？」

方悅兒解釋：「信件在殺手身上，上面都是些看不明白的暗語，林公子找到後自然想要將暗語解讀出來，於是便會將有毒的信件帶在身上。寇秋之前說過，只要傷口接觸白水藍便能輕易中毒，令人防不勝防。武林中人哪有不受傷的？林公子並不知道信紙帶毒，毫無防備之下很容易便會中招。」

「所以這封信才是殺手眞正的殺著？」林靖恍然大悟，隨即嘆息：「風雨樓爲了殺我無所不用其極，不知道這次的雇主出了多少錢。」

雲卓問：「你怎麼知道殺手是風雨樓派來的？畢竟他身上就只有一封寫著暗語的信件。」

「風雨樓的殺手都是一同訓練，雖然他們學成後出來執行任務，時間久了都會有自己的獨特風格。可是我與風雨樓殺手打交道的次數實在太多，結果久而久之，每次交手都能認出是不是風雨樓派出的。除非他們換過一門功法練習吧！」林靖苦笑攤了攤手：「林家本就不是武林世家，我又不像父親那般武藝高強，人人都把我當軟柿子捏呢！」

眾人聞言皆嘴角一抽，心想你都把人家派來的殺手全滅了，還好意思感慨自己武功不夠強嗎？

段雲飛道：「這番解釋還算是合情合理，可是林少俠你畢竟持有毒藥，與寇堂主一樣，嫌疑還是有的。」

林靖小聲爲自己辯護：「可是我也與寇堂主一樣，沒有能下手的時間和動機啊！」

寇秋拍了拍他的肩膀，一副難兄難弟的模樣。

有兩份毒藥，只是持有的人都沒有犯案的時間與動機，段雲飛苦惱地掃視了場內眾人，隨即將視線停在柳氏身上：「梅夫人，既然已證實麥冬能夠嗅出白水藍的氣味，懇請妳能夠讓我們逐一檢查山莊內部，看看還有沒有其他地方藏有白水藍。」

柳氏聞言一臉爲難，最終嘆息著婉拒：「我也很想找出謀害夫君的歹人，只是若要調查整座白梅山莊，就請恕難從命了。我們白梅山莊畢竟也是江湖上的名門大派，莊主才剛死，我們便任由外人翻查整座山莊，這消息要是傳出去其他人會怎樣想呢？」

柳氏雖同樣出身武林世家，但並未習武，看起來就只是個風韻猶存的貌美婦人，並不帶江湖人的剽悍氣息，即使說出拒絕之語也是溫溫柔柔的，讓人生不出惡感。

段雲飛聞言，心中已有了底，對於柳氏的拒絕也不以爲然，反而抱拳歉意地道：「我明白了，這終究是白梅山莊的家務事，是小輩僭越了。」

柳氏連忙還了一禮。

追查陷入了死胡同，事情似乎暫時告一段落，然而方悅兒卻敏銳地察覺到段雲飛眼中對眞相的志在必得。

五、合作調查

一番討論後仍無法鎖定行凶者，雖然看起來不少人都有嫌疑，卻沒有決定性證據證明誰才是凶手。

談不出結論，加上夜色漸深，於是眾人便各自回到房間。只是白梅山莊發生了命案，死的是武功高強的梅莊主，凶手還逍遙法外，這一晚只怕任何人都無法安心入眠了。

出了這種事，因此四名侍女被雲卓爲首的堂主們叮囑，要好好照顧方悅兒。要不是男女有別，雲卓等人只怕恨不得住在方悅兒的房間裡，以確保自家門主大人安安全全的。

方悅兒卻完全沒有雲卓他們的擔憂，先不說她的四名侍女就守在自己附近，光是麥冬就是個不弱的戰力。雖然松鼠視力對色彩的辨識比不上人類，可是聽覺與嗅覺都比人靈敏。在彼此都看不清楚的夜晚，松鼠的戰鬥力往往比人類還要強。

因此方悅兒倒是沒有什麼擔憂，天塌下來自有高個子頂著，她這位門主大人只要貌美如花就好。

白梅山莊的客房都是一模一樣的格局，可如果現在有白梅山莊的弟子看到方悅兒所住的客房，一定會被裡面變了模樣的擺設所驚到。

自從方悅兒被安排住進這間客房後，四名侍女便立即換上門主大人所有用慣的東西，床單、被鋪之類的自然不在話下，就連桌巾也換上方悅兒專用的。

雖然實際上換掉的東西不算太多，但換上的都是千金難買的精品，直將這間原本簡潔大方的客房檔次提升了不少。

四名侍女訓練有素，服侍方面一等一地貼心。方悅兒踏入房間時她們便已忙碌起來，半夏與香櫞一個焚香、一個點燈，山梔整理床鋪，白芍則正要替方悅兒除去髮飾，侍奉她梳洗更衣。

然而方悅兒卻阻止了白芍的動作，笑道：「不忙，如果我沒猜錯，一會兒會有客人過來。」

眾侍女聞言皆露出愕然的神情，隨即性格最活潑的山梔笑著猜測：「難道是雲堂主他們有事要來找門主大人嗎？」

方悅兒卻搖了搖頭：「不是我玄天門的人。」

隨即少女想了想，又改變了主意，對白芍道：「還是替我把飾物都脫下，換過一身簡單俐落的衣服及髮式吧！」

方悅兒頓了頓，便轉向香櫞：「幫我泡一壺熱茶，濃一點的。」

香櫞不贊同地低聲阻勸：「門主，晚上喝太濃的茶會睡不著的。」

方悅兒笑道：「就是想用來提一提神，而且……今晚大概睡不了。」

眾侍女一臉莫名其妙，不過方悅兒是門主、她最大，既然她堅持，那麼香櫞還是依言為方悅兒泡了一壺濃茶。

此時方悅兒已換了衣服，竟是一套款式簡單的玄色衣裙。雖然不像夜行衣那麼貼身，但非常便於活動；少女頭飾也全數取下，頭髮在她的要求下被白芍簡單地束成一條馬尾，整身裝扮簡單俐落得很。

方悅兒素來喜歡亮麗的顏色，再加上她那軟綿的氣質容貌，總是給人粉嫩軟和的感覺。即使現在穿上玄色衣裙，也無法讓人感到絲毫冷硬，反而襯托得她的皮膚更為雪白嬌嫩。

雖然氣質與衣著不符，可是方悅兒卻很滿意這身裝扮的效果：「難怪段雲飛那麼喜歡穿玄衣，果然是幹壞事必備的衣著啊！」

「唷！在背後說人，可不是君子所爲。」方悅兒的話才剛說完，房內便響起了段雲飛的嗓音，直將半夏她們嚇了一跳。

同時麥冬也炸起了毛，朝著窗戶發出威脅的叫聲。只是松鼠本就不如肉食猛獸，即使麥冬的攻擊力比老虎還強，可是在氣勢方面卻弱多了。尤其那豎起來的毛茸茸尾巴，都無法讓人感到懼意，反倒想伸手捏上一把。

方悅兒安撫地摸了摸麥冬，阻止牠撲過去的動作，隨即向段雲飛笑道：「你來得正好，香橼剛沏了茶，段公子也喝一杯吧。」

半夏正想要責備不請自來的段雲飛，偏偏自家門主卻表現出一副要與對方深談的模樣，半夏等人身爲侍女，自然要以滿足主子爲優先。

在侍女們暗示是否須要找雲卓他們過來、卻被方悅兒搖首拒絕後，她們只得安靜下來，侍候著門主與不速之客。

她們雖然沒有說什麼，但心裡都擔憂起來。她們的門主大人將段雲飛來訪一事瞞著雲卓他們，又突然要求換上輕便的裝束……她們此時都生出一股不祥的預感。

段雲飛頂著眾侍女探究的視線，旁若無人地坐在方悅兒對面，理所當然的態度，彷彿夜闖女子的房間根本就沒啥大不了的。

「妳早就知道我會來？」段雲飛饒富趣味地挑了挑眉，眼前的少女不斷推翻他的既有印象。本以爲方悅兒是個沒本事、只會縮在雲卓等人背後的膽小鬼，可他發現這女孩出乎意料地有趣啊。

方悅兒笑道：「看段公子對梅莊主的死那麼有興趣，我就不信梅夫人說不查，你便會乖乖聽話。我猜猜看……你是過來向我借麥冬的，對吧？」

麥冬聽到自己的名字，立即抖了抖耳朵、人立起來，用著黑溜溜的眼珠看著主人，似乎等待著少女的指示。

方悅兒頓時被麥冬的動作萌到，輕笑著撫摸小松鼠柔軟的皮毛，滿臉愛憐。

段雲飛忍不住讚歎：「松鼠野性難馴，難得妳把牠訓練得這麼好。」

方悅兒皺了皺鼻子：「我家麥冬可乖了，我也沒有特別訓練牠。你對牠好，牠自然就會對你好。」

段雲飛笑了笑，並沒有對此多說什麼。心想方悅兒也許沒有訓練過麥冬，可是雲卓他們卻未必。不提麥冬被寇秋餵養成帶毒體質後的危險性，即使麥冬的爪牙沒有毒，光是方悅兒被松鼠抓咬到，以雲卓他們的妹控屬性也一定心疼死。

所以將小松鼠救治好並交還給方悅兒前，段雲飛就不信他們那些人沒有好好訓練過麥冬。

「那麼，門主大人可以把很乖的麥冬借我嗎？」因爲有求於人，段雲飛從善如流地詢問。

「可以啊！不過我有條件。」方悅兒一雙杏眼笑得彎彎的，就像頭狡猾的小狐狸。

「嗯？」

方悅兒拍了拍心口：「放心啦，並不是什麼困難的條件。就是你夜探山莊的時候，也帶著我一起去就好！」

段雲飛這個當事人還未作出回應，正在爲他添上熱茶的香櫞便手一抖，濺了幾滴熱茶出來。

「門主大人！」眾侍女一臉不贊同地喊道。

段雲飛苦惱地揉了揉額角：「妳別害我啊！要是讓雲卓他們知道我讓妳涉險，

他們一定跟我急的。」

然而方悅兒卻心意已決，笑嘻嘻地說道：「我知道你與雲大哥他們交情很好，有大名鼎鼎的段公子……不不！有段大哥的照顧，我相信雲大哥他們會很放心的。話說你與雲大哥他們那麼熟悉，我早就把你當哥哥了，你直接喚我的名字就好啦，不用喚我門主那麼見外。」

想不到方悅兒為了湊熱鬧，竟然連把他當哥哥這種鬼話都說得出來。就在段雲飛被方悅兒一番厚臉皮地套近乎驚呆之際，方悅兒收起了笑容威脅道：「要是你今晚不帶我去，我就不借麥冬給你，還會向雲大哥他們告狀，就說、就說你闖入我房間欺負我！」

段雲飛聞言皺起了眉：「事關女子閨譽，這種事豈能拿來開玩笑？」

方悅兒「哼」了聲：「對啊！事關女子閨譽，那你闖進我房間就沒問題嗎？現在才這麼說不覺得太遲？」

「江湖兒女做事不拘小節，而且我又不是與妳獨處，妳這不是還有四個侍女在嗎？」段雲飛申辯。

「對呀！你就這麼與雲大哥他們說吧！」方悅兒有恃無恐地說道。一開始見面時，大家都不知道戴著面具的段雲飛的身分，因著對方強大的武力值，方悅兒投鼠忌器之下不敢對他太放肆，就怕把人逼得生氣了，乾脆出手將她「喀嚓」掉。

然而經過這段時間相處，方悅兒知道段雲飛雖有些離經叛道，可是人品還是不錯的，並非嗜殺之人。而且他與雲卓等人關係頗佳，因此方悅兒收起了她小心翼翼的態度，面對段雲飛時尾巴都翹起來了。

結果段雲飛還眞拿她無可奈何。先不說方悅兒是恩人的女兒，光是礙著雲卓他們的情面，青年便不能對她太強硬。

其實帶著方悅兒這個小尾巴夜探山莊，他並不覺得是什麼大不了的事。段雲飛對自己的武功很有自信，認爲即使帶著少女這武功不怎麼樣的累贅，也有自信在白梅山莊來去自如、不被人察覺。

而且段雲飛這個人本就隨性得很，就像這次調查白梅山莊命案一事，他並不爲任何利益，只單純因爲感興趣，便全心全力投入案情中。

同樣，現在段雲飛對方悅兒感興趣了，這個原以爲一眼便能看透的少女，意外地似乎是個有故事的人。青年十分好奇，方悅兒身爲玄天門門主，父親又曾是公認的武林第一，可是她卻武功極差，是江湖中出了名的廢柴。

然而這個被外界評定爲不思進取的少女卻告訴他，自己將玄天門藏書閣的所有祕笈都背了起來，而且對內容似乎還有著一定程度的了解。如果這件事是眞的，這姑娘是何等驚才絕艷的天才人物!?

即使方悅兒實力再廢，但憑著她對各種武功的認識，她可以爲追隨她的人帶來驚人的利益，絕對會有不少武林高手願意供著她、任她驅使啊！

雲卓他們的嘴很緊，段雲飛無法從他們身上探聽出少女那番話的眞僞。可他們愈是對他的疑問避而不談，段雲飛便愈是對眞相興味盎然。

他本就是個隨性的人，只要他感興趣的就會去做，才不怕雲卓他們呢！

不過在此之前，段雲飛還是要與少女約法三章：「帶妳一起去也可以，可先說好了，這期間妳要聽我的命令行事。要是我認爲危險又或者事不可爲，妳要立即撤離，知道嗎？」

方悅兒連忙點了點頭。

段雲飛見狀不禁莞爾，與方悅兒獲得共識後，便隨即把視線投向一旁的侍女們，皺起眉頭詢問：「她們能夠信任嗎？該不會我們前腳一走，她們便去向雲卓他們通風報信吧？」

幾名侍女明顯不贊成方悅兒隨他一起涉險，她們除了侍候方悅兒的起居飲食，還是玄天門專門貼身保護方悅兒的保鏢，武功都不弱。要是起衝突，段雲飛雖有信心自己可以一打四，但還真難保證會不會搞出什麼動靜被別人發現，到時晚上的計畫就要泡湯了。

眾侍女聞言狠狠瞪了段雲飛一眼，只是看著對方自信又張揚的笑容，又實在無法對這活得肆意自在的青年生出反感。

方悅兒揚起下巴，得意地嘿嘿笑道：「放心，她們是本小姐的侍女，只要不涉及我的安全，自然以我的意願爲主。」

可是門主大人，妳的夜探行動正是涉及人身安全啊！一眾侍女聞言在心裡吶喊著，表情裂了又裂。

侍女們濃濃的哀怨太明顯，方悅兒想要裝作察覺不到也難，於是她假咳了聲，撒嬌著說道：「哎呀，誰能比段大哥這個大魔王更可怕？有他跟著，我的安全沒有問題的，妳們放心啦！我保證只是跟著去看看，遇上危險第一時間掉頭就跑。」

段雲飛：「……」

想不到堂堂玄天門門主為了去湊熱鬧，立即連對他的稱呼都變了，「段公子」頓成「段大哥」地套起近乎。做到這種程度，這個姑娘到底有多八卦啊!?

而且大魔王是什麼鬼？

到底他在方悅兒眼中是怎樣奇怪的印象!?

這稱呼聽起來，好像他都要稱霸武林了！

不過「段大哥」就「段大哥」吧，雲卓他們雖然明面上是方悅兒的下屬，可是誰也看得出他們是把對方當妹妹疼，方悅兒對雲卓也是一口一個「雲大哥」的，尊敬得很。既然他將雲卓他們視為好友，那麼也不宜過於把人推遠，畢竟人家小姑娘都這麼主動了。

何況「段大哥」這稱呼，怎樣也比「段大魔王」好聽……

於是段雲飛警告地看了眾侍女一眼後，便默認了方悅兒對自己的稱呼：「方門主有分寸就好。」

雖然段雲飛默許了方悅兒的一聲「大哥」，可是卻絲毫沒有依方悅兒的要求直接喚她名字的打算。青年不會因爲對方的地位或人情牽扯而認可一個人，要獲得他的承認並不容易。

方悅兒無視對方審視的眼神，反正她的目的已經達到，於是喜孜孜地喝了口茶，道：「我們要等大家都睡了以後才好行動，現在反正有時間，不如討論一下案情？段大哥你有特別懷疑的人嗎？」

段雲飛從善如流地分析：「雖然在寇秋及林靖身上都藏有白水藍，可是我覺得他們行凶的可能並不大。畢竟他們沒有下殺手的時間，也沒有動機。」

方悅兒點頭：「嗯嗯，秋天絕對不是凶手。林公子也不像，他只在最初的時候到過梅莊主的房間，後來直至晚膳都一直與你們一起行動。」

段雲飛道：「時間上來看，蘇沐華、梅夫人、梅煜，以及許冷月四人都有嫌疑。此四人之中，我認爲梅夫人的嫌疑是最大的。她唯一的兒子意外被廢，丈夫表示想立庶子爲繼承人，正所謂爲母則強，很多時候孩子都是當母親的逆鱗。爲了自己兒子的繼承人之位，殺死梅莊主也不是不可能。」

方悅兒一臉訝異：「只是一個莊主之位，須要做到那種程度嗎？梅夫人與梅莊主的感情很好吧？」

「梅莊主夫婦雖是江湖中公認的一對璧人，可是在這雙人人羨慕的神仙眷侶之間，多年前卻曾出現第三者。不然妳以爲梅煜這個庶子怎麼來的？」段雲飛冷笑：「聽說梅莊主曾在婚前允諾過，與梅夫人一生一世一雙人，這件事還傳成佳話。怎料梅夫人卻在生下梅長暉不久，發現梅莊主竟在外養了妾室，而且那女子還已經有了身孕。聽說當年事情鬧得很大，素來溫柔婉約的梅夫人大鬧不已，還吵著要和離。」

方悅兒問：「那名妾室後來怎麼了？我們來到白梅山莊這麼久，也沒聽說過這裡有姨娘在。可梅煜的存在卻又是實打實的，難道當時梅莊主爲了安撫梅夫人，所以去母留子了？」

段雲飛道：「那就不得而知了。畢竟大家都只是聽個八卦而已，也沒有這麼空閒去盯著人家的後宅。所謂家醜不可外揚，當年白梅山莊竭力粉飾太平，這件事最終便不了了之。只知道梅夫人不知怎地被梅莊主哄了回去，那名妾室及她肚裡的孩子也沒了下文，不少人還猜測不單只那個妾室，就連孩子也已經沒了呢！一直以來白梅山莊對外就只有梅長暉一個繼承人，梅煜這名庶子從來不顯露於人前。這次要不是在煙雨城遇上，我也忘了白梅山莊那對神仙眷侶還出過這檔子事。」

說到「神仙眷侶」這四字時，青年的表情分外不屑。也不知是因爲梅莊主的薄情寡義，還是因爲這對夫婦之間不堪一擊的脆弱感情。

方悅兒覺得段雲飛提起梅莊主夫婦這段往事時，情緒似乎有些不對勁。雖然他表現得與平常無異，可是少女卻覺得對方似乎透過這件事看到了其他東西，說這番話時內心並不如表面般那麼平靜。

方悅兒對情感波動很敏銳，卻不會故意掀人傷疤。她察覺到段雲飛情緒不對，便不動聲色地把話題轉回案件：「當年梅夫人反應如此激烈，可以確定她很介意那名妾室的存在，對梅煜這個庶子也一定沒有多喜歡，甚至還會遷怒於他。她知道丈夫打算讓自己憎恨的女人所生的兒子取代梅長暉，說不定眞會心生怨恨，從而做出不理智的事，所以也有殺人的理由囉！」

段雲飛頷首：「除了梅夫人，許冷月的動機也不薄弱。她現在急於與梅長暉撇清關係，可梅莊主卻一直不願意鬆口，人一焦急便很容易鑽牛角尖，也許她慌亂之下便將梅莊主視爲解除婚約的最大阻礙，想盡辦法除掉對方也不奇怪。另外，蘇沐華喜歡許冷月，說不定在許冷月的唆使下，爲了能和心怡的姑娘在一起，他便殺死不允許退婚的梅莊主也說不定。不過我覺得蘇沐華的可能性比前兩人小很多就是了。」

方悅兒道：「你這麼說就太絕情啦！也不想想人家許姑娘爲什麼那樣急著要解除婚約。」

明明許冷月心悅於你，這才著急地與白梅山莊撇清關係。

就連我這局外人都看出來了，你還在裝什麼傻呢？

方悅兒覺得青年在裝傻，偏偏這世上就是有像他這樣不解風情的榆木腦袋，對許姑娘的愛慕眼神視而不見。

段雲飛聞言後，一臉莫名其妙地詢問：「她明顯是因爲白梅山莊已經沒有利用價值而悔婚，關我什麼事？要絕情也是許冷月絕情。」

「這樣說是沒錯啦……」方悅兒看著段雲飛不明所以的模樣，這才確定對方眞的完全沒察覺許大小姐的情意，心想許冷月這段時間的媚眼眞是白拋了，要是讓她聽到段雲飛剛剛那番話，絕對會哭出來的！

雖然覺得對方這段時間的愛慕眼神都白給了有點可憐，不過方悅兒與許冷月關係不睦，因此也不打算多說什麼。她看著向來精明的段雲飛此刻像木頭般不解風情的模樣，倒覺得滿有趣的。

方悅兒數了數梅莊主離開梅長暉房間後曾到過他書房的人，發現他們剛剛的討論中還漏了一個，便道：「那梅煜呢？他的動機應該不算大，畢竟梅莊主透露出想讓他當繼承人的打算。這時梅莊主死去，對他來說百害無一利，所以可以先排除掉他的嫌疑？」

段雲飛贊同道：「的確，梅煜動機不足。即使因爲生活上不受待見而心生怨恨，他的恨意也應該只針對嫡母與兄長，並沒有對梅莊主痛下殺手的理由。」

彼此想法一致讓方悅兒十分高興，她向段雲飛笑了笑，臉上頓時露出可愛的酒窩：「那我們就從嫌疑最大的人開始探查，先探梅莊主夫婦與許姑娘的房間……還有梅莊主的書房我也想再去看看。至於蘇公子房間……他的嫌疑不算大，而且我們時間未必足夠，就把他放在最後，有時間再去看吧？」

段雲飛聽到方悅兒的一番安排，不禁露出驚訝的神色，想不到對方與自己想到一塊去了。

「怎麼了？」見段雲飛訝異地盯著自己，方悅兒摸了摸臉頰，心想自己的臉上有什麼嗎？

「不，沒什麼……我們就這樣安排吧。」段雲飛笑了笑，看著方悅兒興致勃勃的神情，他也不禁對接下來的行動期待起來。

所謂的名門正派，有時候隱藏起來的陰暗骯髒可不比魔教少。白梅山莊莊主被殺，而且還似乎是死在自己信任的人手裡。這座山莊裡到底隱藏著什麼，就讓他們來揭發吧！

六、夜探山莊

夜深無人，對於夜探白梅山莊的方悅兒與段雲飛來說是一個出動的好時機。

方悅兒再三叮囑半夏她們乖乖留在房間等待後，便帶著麥冬與段雲飛一起探險去。

早在段雲飛戴著面具、隱藏身分，與她們一起趕往城外拯救梅長暉時，他便發現方悅兒的輕功竟意外地不錯。

正確來說，要是不計因沒有內力支持而缺乏耐力這點，光是方悅兒動作的靈巧度，就夠讓他意外了。身爲玄天門門主，方悅兒所修習的輕功功法絕對一等一，可段雲飛能看出少女動作的靈巧並不只是因爲功法出色，她對所使輕功了解得很透徹，而且付出過不少努力苦練，才有現在這令人驚艷的成果。

段雲飛曾就這件事詢問過方悅兒，當時少女只笑言自己是懶得練內力。可是一個將身法幾乎練到極致的人，其中必定不知付出了多少汗水，卻會因爲懶惰而放棄對練武之人來說最爲重要的內力嗎？

眞是令人疑惑……也讓人太好奇了。

段雲飛那時就覺得方悅兒並不如她外表那般傻白甜，經過一段時間的相處，他更能確定這名少女隱藏了不少祕密。

青年本就是個行事隨心所欲的人，對自己感興趣的事絕不會體貼地覺得應該尊重對方想要隱瞞的意願而不打破砂鍋問到底；相反地，他是那種只要感興趣，便會心癢難耐地非要弄出個答案不可的性格。

因此這段時間段雲飛總想探聽出方悅兒身上的祕密，要不然任憑她再怎樣地威脅與套近乎，他才懶得搭理呢！

現在兩人單獨出行夜探，對段雲飛來說正是可以查探方悅兒武功底細的大好時機：「今晚白梅山莊絕對會加強戒備，再加上林靖他們武功高強，雖然我們沒打算查探他們的房間，但還是小心爲上。我會爲妳提供所需的內力，妳可以盡全力使出輕功前行。」

方悅兒一臉訝異：「你不帶著我嗎？」

段雲飛揶揄道：「妳好歹也是個姑娘，姑娘家要矜持一些啊！」

少女想起若要傳輸內力，只須身體有接觸就可以，然而讓人用輕功直接帶著自己跑，段雲飛至少要環抱著自己……想到這裡她頓時羞紅了臉：「我、我平時只是習慣了被半夏她們帶著，一時沒想到那麼多！」

見方悅兒都快要惱羞成怒了，段雲飛也就不再逗她。想不到這姑娘平常一副不拘小節、大剌剌的模樣，卻意外地純情。

「好啦，那妳自己走沒關係吧？」

方悅兒連忙點了點頭。她才不要被不熟悉的人抱著走！

雖然話是自己提出的，不過見方悅兒一副急著與自己保持距離的嫌棄樣，段雲飛感到莫名地不是滋味。

不管如何，他還是伸出了手，道：「牽著我，我傳內力給妳。」

若在以前，對男女情感之事還未開竅的方悅兒絕對不會多想什麼。可剛剛被段雲飛指出自己不夠矜持，現在看到對方向自己伸出了手，也難得有些忸怩了。方悅兒的皮膚很好，此刻白嫩無瑕的臉頰上浮現一片紅暈，顯得艷麗非常，有著平常沒有的風情。

人的感受有時是會傳染的，段雲飛原本只將方悅兒視作小妹妹看待，完全不覺得牽著小妹妹的手有什麼大不了的，然而見方悅兒那麼害羞，卻突然有些不好意思

起來。

不過方悅兒堅持跟著他夜探山莊的話，讓他提供內力是必要的。不然以她那後勁不繼的輕功，他們很快便會被人發現。

於是段雲飛不理會心裡突然生起的異樣感，堅定地伸出手，默然看著方悅兒。

方悅兒雙手拍了拍臉，試圖讓發燙的臉頰降溫，隨即便牽上段雲飛的手。青年的手修長而乾燥，方悅兒還能清楚摸到對方手上那些練劍留下來的老繭。

相較於段雲飛那雙武者的手，方悅兒的手便顯得又小又軟又嫩。段雲飛覺得全身的感官好像變得特別敏銳，所有注意力都集中在自己牽著的那隻軟嫩小手上。他傳輸著內力，要自己忽視不知爲何跳得很快的心臟，強逼自己專注於警戒四周的狀況。

有了段雲飛的內力支持，方悅兒的輕功便變得有模有樣起來。兩人就像是黑夜中的幽靈，無聲無息地來到許冷月的房間，一路上沒有驚動任何人。

許冷月主僕皆不會武功，輕而易舉地點了她們的穴道後，方悅兒便拍了拍肩膀上的麥冬。麥冬會意，立即在房間裡搜尋起來。

雖然不是第一次看到麥冬與方悅兒的互動，可是段雲飛還是驚歎於這隻小松鼠的聰明。

麥冬很快便搜查了客房一遍，卻沒有收穫。於是他們便轉移陣地，來到梅莊主夫婦的房間。

柳氏雖是莊主夫人，卻是個不懂武藝的普通人，因此方悅兒輕易點了她的穴道；少女再次讓麥冬搜查房間，這一次他們終於有了收穫，麥冬對著床邊的梳妝檯炸起了毛，幸好牠有記著主人的叮囑不能發出太大聲音，因此並沒有吱叫示意，只炸起了尾巴的毛。

段雲飛與方悅兒對望一眼，兩人立即來到梳妝檯前查看，卻看到放著的都是些尋常的胭脂水粉與各種首飾，於是皆露出疑惑的神情。

幸好麥冬的鼻子很靈敏，準確地找出有問題的是一個檀香木造的首飾盒。段雲飛仔細研究後，才發現首飾盒底部藏有暗格，裡面擺放著幾只細小的藥瓶！

「裡面存放的是白水藍嗎？」方悅兒一臉興奮地詢問。

藥瓶上沒有寫著裡面存放的是什麼，段雲飛把每個藥瓶內的東西小心翼翼地倒了點出來，但都是些黑色與深棕色的粉末，並不是白水藍獨特的藍色色調：「不是白水藍。」

寇秋曾說過，白水藍可以製成多種型態，可無論是粉狀、藥丸還是液體，都一定會帶有獨特又明亮的藍色光澤。所以單憑這些藥粉的顏色，段雲飛便可以斷定這不是他們要尋找的東西。

方悅兒聞言，臉上不禁露出失望神色，但隨即細心地發現到某個不諧調之處：「存放藥瓶的暗格有個空位，你看，剛剛好是存放一只藥瓶的大小。你說這個空位，原本是不是放著一瓶毒藥，只是被人拿走了？」

方悅兒的猜測很合理，段雲飛雙目一亮：「也許拿走的毒藥正是白水藍，不然這些藥瓶中存放的都不是，麥冬不會對首飾盒有所反應才對。」

對望了一眼，都從對方眼中看到了相同意思：繼續找！

只是他們把梳妝檯重頭找了一遍，卻再也找不到其他關鍵物品。兩人不死心地繼續搜查，任何地方都不放過，雖然仍是找不到他們所猜測的失蹤藥瓶，卻找到了非常有意思的東西：「這信件……」

信件是夾在一本書裡，因爲這房間是梅莊主夫婦的，憑內容他們推測這是梅莊主的東西。

信件沒有寫出收件與寄件者，落款位置就只有一個記號，因此方悅兒與段雲飛看不出這封信是由何人所寫。即使如此，他們都被信中的內容驚到了。

寫這封信的人與梅莊主談論著如何對付林家，其中就有讓梅莊主找機會引出林靖，對方再安排風雨樓的殺手把人截殺一事。

段雲飛看到內容時，一雙紅褚色眸子閃過一絲銳利的殺意。只是這情緒來得快也去得快，就連方悅兒那小動物般的直覺也未察覺異狀。

「林公子身爲武林盟主之子，還眞是辛苦呢！」方悅兒感嘆道。武林盟主能夠決策武林中的大事，免不了會損害某些人的利益。林易光又是個公正的老實人，有時得罪了人也不自知。

何況「木秀於林，風必摧之」，武林盟主的身分讓不少人眼紅，這些人自然希望將林易光拉下馬，自己取而代之。而林易光總是在閉關，那些人無法向他下手，便將毒手伸向他的獨生子林靖。

方悅兒記得她曾聽半夏她們八卦過，多年前江湖中曾傳出林家被一名武林高手潛入、年幼的林靖重傷瀕死的傳言。只是後來小林靖生龍活虎地在公眾場合出現，這才破除了這個不實的流言。

但似乎真的有些別有用心的人，不放棄地要將林靖這個武林盟主代言人往死裡整啊……

而且梅莊主似乎還有參一腳？

段雲飛對方悅兒的感慨不予置評，方悅兒也不在意，逕自說道：「你說林公子知不知道梅莊主有暗地裡計畫對付林家呢？要是他知道的話，他也有殺人動機囉？」

「林靖喜歡陽謀，如果他真知道白梅山莊的齷齪事，以他的性格與一貫作風，一定會蒐集證據後將這些事攤在陽光下，讓白梅山莊再無翻身之日。暗地裡將人毒殺，這並不像林靖的作風。何況林靖是一開始前往書房的那批人，他離開後還有人看到梅莊主安然無恙，所以他沒有下手的時間。」段雲飛分析。

經青年一提，方悅兒這才想起林靖離開梅莊主的書房後，梅莊主還生蹦活跳好一陣子呢，怎麼看凶手也不可能是他，於是便點頭贊同：「也對，想不到你還滿了解林公子的嘛！」

段雲飛淡然說道：「我曾經當過魔教副教主，與林靖是敵對的關係。正所謂『知己知彼，百戰百勝』，很多時候最了解你的便是你的敵人。」

「哎……所以線索又斷了。到底那瓶毒藥會在哪裡呢？」方悅兒一臉鬱悶地嘆了口氣。

段雲飛沉思著喃喃自語：「毒藥原本存放在此處的暗格，應該沒有太多人知道才對，不是梅莊主便是屬於柳氏的。而東西放在飾物盒裡，屬於柳氏的可能性相對大很多。柳氏今天到過的地方……」

方悅兒聽著段雲飛的分析，也想到了重點：「不在這裡的話，也許梅長暉的房裡會有線索！」

眾人到訪山莊後，柳氏去過的地方並不多——接待眾人的大廳、梅莊主的書房、梅長暉的房間、夫妻倆的房間，以及飯堂。

柳氏在大廳及飯堂時都處於眾目睽睽之下，要動手腳把東西藏好或者毀掉並不容易做到。至於梅莊主的書房及他們夫婦倆的房間，方悅兒與段雲飛也已調查過，因此現在最有可能藏有東西的地方便是梅長暉的房間。

「你說如果凶手眞的是梅夫人，那麼梅長暉是否知情？」方悅兒問。

死者是梅長暉的父親，要是凶手是自己母親的話……話題有些沉重，段雲飛沉默了半晌，這才說道：「難說。要眞是梅夫人下的手，那麼她的動機主要是爲了護著梅長暉。梅長暉與庶弟不和，梅莊主死後，梅夫人便成了他唯一的親人。即使梅長暉知道梅夫人是凶手，只怕也應該不忍心告發她吧？」

一邊是自己的父親，一邊是爲了自己不惜殺人的母親，這還眞是一個艱難的選擇。

方悅兒道：「愈說愈覺得梅長暉的房間可疑，我們過去看看吧！」

段雲飛對此沒有異議，於是二人便來到了原定計畫以外的地點——梅長暉的房間。

梅長暉被廢了武功後，身體比普通人還不如，因此段雲飛輕易點了他的睡穴。

麻煩的是，由於他生活不能自理，因此有幾名下人通宵照顧著他。那些下人雖然沒有長待在房裡，可卻整晚都注意著房內動靜，只要梅長暉一呼喊，他們便會立即進去侍候。

另外，梅夫人愛子心切，讓大半深夜巡邏的弟子重點照看梅長暉的房間，因此他的房外時不時便會有巡邏的人路過。

這代表著方悅兒他們必須比之前更安靜，不能在房裡發出絲毫聲響。先前他們點了房間主人的穴道後，還能夠壓低聲量交談，現在根本只能利用眼神與手勢示意了。

方悅兒拍了拍麥冬，小松鼠便乖巧開始搜索房間。只見麥冬繞著房間找了一圈後，不知是不是被外面路過的巡邏小隊所吸引，竟想從窗戶探頭出去，嚇得方悅兒連忙把這小傢伙抱回懷裡。

原本松鼠的體形只能稱得上是小動物，小小的頭顱即使眞的從窗戶探出去，在夜色的掩護之下應該不會太惹人注目才對。偏偏麥冬是隻稀有的白松鼠，通體雪白的牠在黑夜中就像明燈一樣，要眞讓牠探出腦袋亂看，巡邏的弟子想不注意到都難。

然而被方悅兒抱住的麥冬卻很不老實，在少女懷裡扭動掙扎著，方悅兒只得加大了手上的力道。

見小松鼠大半身體都埋在方悅兒柔軟的胸口裡，段雲飛默默移開了視線，心裡默唸著非禮勿視非禮勿視……

方悅兒很快便察覺到麥冬的不尋常，她很了解麥冬，這隻小松鼠極有靈性，非常乖巧聽話，雖然偶爾也會調皮貪玩，但絕不會在這種危急時刻亂來。

剛剛方悅兒以爲是外面路過的人驚嚇到麥冬，可巡邏的人都走了，麥冬仍不消停，依舊想探頭往窗外看。

到底吸引牠的是什麼？會是……白水藍嗎？

方悅兒想查探一下窗外到底有什麼，只是麥冬的毛色太明顯，出去的話會有危險；她又必須看住激動的小松鼠不讓牠亂跑，於是只好向段雲飛求助。

少女苦於不方便開口說話以免引來巡邏的山莊弟子，只得比手畫腳地向段雲飛示意。幸好段雲飛很聰明，立即領悟了方悅兒的意思。只見他如鬼魅般從窗戶掠出，不久便抱著一盆盆栽回來。

那是一盆盛放的茶花，只是有大半枝葉已枯萎。當麥冬看到這棵茶花時，立即便跑到它前面嗅了嗅，隨即便見牠探頭進枝葉間，從裡面銜出一只藥瓶！

藥瓶是空的，原本存放在裡面的東西已被倒了出來。藥瓶的款式和大小與他們在梅莊主夫婦房間裡，那個飾物盒暗格中所找到的藥瓶一模一樣！

方悅兒激動得差點忍不住歡呼了，只是礙於房外守候的下人，因此她只能硬生生憋著。只見方悅兒頻頻拉著段雲飛的衣袖，示意他離開梅長暉的房間，方便他們好好談一談。

段雲飛會意，他現在也急須理清腦中的思路，便將已沒有用處的茶花放回原處，拿著到手的空藥瓶，便領著方悅兒回到了梅莊主夫婦的房間。

來到梅夫人的梳妝檯前，二人立即取出飾物盒並打開裡面的暗格，把到手的藥瓶放進去，果然，藥瓶完美地塞進了餘下的空隙裡。方悅兒見狀，興奮地小聲說道：「果然藥瓶是從這裡取出的！」

段雲飛點了點頭：「而且麥冬對藥瓶有反應，藥瓶十之八九存放過白水藍。明天讓寇秋檢驗一下那盆茶花的泥土，便可確定我們的猜測。」

方悅兒邊把空藥瓶從暗格取出收好，邊道：「你說爲什麼會有人將白水藍倒在花盆裡呢？又是誰這樣做？外面擺放茶花的房間雖是梅長暉的，可應該不是他吧？他行動不便，幹這種機密的事總不能讓下人幫忙，所以眞是梅夫人囉？」

段雲飛道：「梅長暉不僅行動不便，而且沒到過梅莊主的書房，因此不可能是他殺死梅莊主，目前看來應該是梅夫人做的沒錯。」

青年頓了頓，續道：「我猜梅夫人因爲梅莊主想要將庶子立爲繼承人而心生殺意，可是她又不懂武功，因此利用白水藍讓梅莊主失去反抗能力並將其殺害，然後隨手將毒藥丟在梅長暉房外的花盆中。她應該想不到寇秋能夠認出白水藍，而麥冬還能嗅出白水藍的氣味。也許她一時之間找不到銷毀凶器的時機，於是只得出面攔著不讓我們搜尋山莊。」

段雲飛的推測合情合理，如果梅夫人是凶手，那麼無論是動機、證據，以及行凶的時間都能對上了。

方悅兒滿心處於找到凶手的喜悅中，喜孜孜地把玩著藥瓶：「雖然已經找到了凶手，不過反正我們都出來了，還是依計畫行事，把先前預定的路線走完吧！在此之前，先把這瓶子丟回花盆裡當誘餌？」

兩人的想法再次神同步，段雲飛聞言眼中閃過一絲讚賞。他們雖然推測出柳氏是凶手，卻沒有直指向她身分的確實證據。方悅兒提出將藥瓶放回原位，就是想引蛇出洞。

他們不知道爲什麼柳氏會將藥瓶丟在花盆裡，也許衝動殺人之後過於慌亂，也許是她很有自信山莊的人查不出白水藍這種毒藥。但現在多了麥冬這個不穩定的因素，柳氏一定很後悔當時如此輕率地處理凶器，並且急須把藥瓶及那盆栽、藥瓶毀屍滅跡。

而他們接下來要做的，只須要守株待兔就好。要是當場把想要毀滅藥瓶的柳氏抓住，相信即使是白梅山莊的弟子，也不得不承認她與凶案沒有關聯了。

其實對於能否讓柳氏露出狐狸尾巴，段雲飛並不是太在意。他只是對凶案感到好奇，而現在他的好奇心已獲得滿足，那麼接下來事情將如何進展便不再是他關心的了。不過既然方悅兒想貫徹始終，那麼段雲飛也不介意幫忙。

段雲飛本人並沒有發現，相較於一開始的疏離與淡淡厭惡，現在他看待方悅兒時卻多了分認同，以及微不可見的寵溺。

七、書房大火

兩人想法達成共識後，將藥瓶放回原位，便依照原本計畫來到凶案現場——梅莊主的書房。

雖說他們不久前已搜查過一遍，但那時那麼多人在，有些地方不是很方便隨意亂翻，因此才打算今晚出來搜查時再看一遍。

現在找到決定性的證據，方悅兒到書房搜查的興致便不大了，只不過既然都出來了，她認爲也不差把原定計畫全部完成。

豈料二人推門進入書房後，卻見桌上點燃了一支蠟燭。他們正奇怪室內是否有其他人，便驚見一名蒙面黑衣人在書房內翻查著書櫃上的書籍。結果三人一松鼠猛地瞬間對上了視線，蒙面人二話不說便揮劍朝二人斬去！

段雲飛反應也很迅速，雖然沒想到打開門便有個蒙面人揮劍攻擊他們，青年還是立即拔出長劍格擋這迎面而來的致命一擊。隨即昏暗房內傳出數聲金屬碰撞聲，方悅兒反應過來時，段雲飛已與蒙面人交上了手。

「哎呀！」方悅兒驚呼出聲，不過想到與蒙面人交手的是段大魔王時，少女卻又不怕了。畢竟武林中有機會一對一打敗段雲飛的人，應該三根手指便數得出來。

這個鬼鬼祟祟的黑衣人，無論身手還是身形，怎麼看也不像那幾個方悅兒知道的武林高手。

於是她在撤退遠離戰場的同時，還不忘關上書房的門，以防引來巡邏的人。

梅莊主書房很大，足夠讓段雲飛與蒙面人施展身手。方悅兒遠遠觀看著二人交手，完全沒有出手相助的意思。她很有自知之明，知道要是自己衝上去與段雲飛共同進退，絕對是扯對方後腿。對方今天那麼照顧自己，這種豬隊友的行徑她還是不要做了，頂多段雲飛萬一不敵，她立即替他到外面找人求救就好。

方悅兒肩膀上的麥冬朝蒙面人發出恫嚇的吱叫聲，但在少女的囑咐下並沒有加入戰局，而是守護在方悅兒身邊戒備著。

然而段雲飛卻不如少女所想像般輕鬆，此刻與蒙面人對戰的他心裡正掀起驚濤駭浪——蒙面人使用的功法他十分熟悉，正是前魔教教主彭琛所修練的烈陽神功！

烈陽神功這個武林公認的邪功非常強大，修練邪功的人除了能吸收敵人內力爲己所用，內力還會帶著能讓對手受到傷害的火毒，而且這功法能夠配合任何武功招式使用。要不是段雲飛所習的內功不畏烈陽神功功法所帶來的火毒，只怕才剛交手便已要吃個暗虧。

蒙面人內功深厚，除此以外，這人顯然是個練武奇才，除了內功，劍法也非常精湛。

段雲飛愈打愈是心驚，由於他這幾年在江湖中沉寂下來，因此眾人只知道段雲飛的武功很好，但高強到哪卻沒一個實際的認知，只從他擊敗彭琛一事而有一個模糊的概念。

只有段雲飛自己知道，他的武功在這幾年間迅速提升了多少。本以爲除了總是閉關的林易光之外，他在武林中再無敵手，可是想不到卻在夜探書房時莫名其妙被一名蒙面人襲擊，而且這人竟能與自己打個旗鼓相當！

最讓段雲飛震驚的是，本以爲已失傳於彭琛手上的烈陽神功，竟被這名蒙面人使了出來！

段雲飛有信心除了修練這種內功心法的人，他是世上最清楚烈陽神功的人了，因此他相信自己絕不會認錯。

一開始，他甚至有想過這蒙面人會不會是失蹤的彭琛，可是此人體型明顯與彭琛不同。段雲飛揮劍的動作不停，心裡同時閃現諸多猜測。

驚疑不定的段雲飛，卻不知道蒙面人正與他一樣，心裡也掀起驚濤駭浪。

烈陽神功最爲人痛惡之處，便是這種功法可以吸收他人內力化爲己用，因著這種便利，蒙面人所具有的內功大部分都不是自己辛苦練成的。雖說練化他人內力也需要時間，而且還有內力相剋的隱憂，可是不得不說這被武林眾多門派所憎惡的內功的確是一條修練的捷徑。

蒙面人曾獲得千載難逢的天大機遇，對自己的武功很有自信。雖然他也聽說過段雲飛強悍的事蹟，可眞碰上對方時卻是不以爲然。段雲飛太年輕了，即使他打從娘胎練武，滿打滿算也只有二十多年的時間。

可是卻想不到交起手來，對方竟然能與自己打成平手！

一旁的方悅兒雖沒有插手戰鬥，可是她的視線卻一直盯著交手的二人，試圖分析出兩方的功法與招式。

方悅兒的武功雖然不怎麼樣，可是眼力卻是一等一的。而且她學識淵博，簡直就是本移動式的武林祕笈。

她很快便察覺出段雲飛並不如自己想像中那般佔盡優勢，而是與蒙面人打得旗鼓相當。不過對方短時間內並不會有危險，因此她也沒急著喚人過來救場。

畢竟她與段雲飛無法說出為什麼他們兩人會在三更半夜前往命案現場，這行為怎麼看怎麼可疑，到時被人抓住這點來大作文章就不妙了。

有些令人意外的是，那名蒙面人不知為什麼一直無視方悅兒的存在。方悅兒原本還以為自己這個怎麼看都像顆軟柿子、可以隨意拿捏的目標，蒙面人是不可能會放過的呢！

與主人一樣，看起來又萌又無害的麥冬早就蓄勢待發，要是蒙面人出手攻擊方悅兒，牠絕對會讓他知道花兒為什麼這樣紅。偏偏敵人就是無視這對主寵，專心一意與段雲飛對戰。

方悅兒摸了摸下巴，心中猜測：難道這人知道我是玄天門之主，忌憚玄天門的力量所以不攻擊我？

突然戰況出現變化，蒙面人一把撥倒桌上的燭台，燭台頓時點燃放在桌上的書籍。火舌迅速蔓延，順著桌子燃燒至一旁的書櫃，火勢瞬間一發不可收拾！

書房裡最多的就是書籍紙張，星星之火可以燎原，大火引起的濃煙熏得方悅兒眼淚直流，氣管也受到刺激而連連咳嗽。

「方悅兒，妳先離開！」雖然濃煙不至於大得完全阻擋住方悅兒的視線，但還是造成了些影響，現在方悅兒已不太能看得清楚二人對戰的招式。她聽到段雲飛呼喊時的聲音有些不穩，似乎在戰鬥中力不從心。方悅兒只猶豫了一瞬，便不退反進，奮不顧身地衝進火場中。

反正大火會引來山莊的人，既然如此，她決定去看看有沒有自己能夠幫得上忙的地方。

此時方悅兒的矯捷身手頓時表露無遺，由於她沒有內力支撐功法，因此很多招式使出來就只是花架子，不僅殺傷力大減，持久力也很不足。然而光以身法而論，她所修習的招式與步法卻是上乘的，顯然對此下過苦功。只見少女在火場中穿梭，迅速躲過所有生起的火舌與倒塌下來的雜物，來到了段雲飛二人的戰鬥之處。

在這短短時間內，戰況已發生了變化。原本身手與段雲飛不分伯仲的蒙面人實力大增，四周火焰就像他的臂膀，竟隨著他功法的使用而纏繞在他的長劍上。那柄看起來樸實無奇的長劍不知以什麼材料打造，火焰纏上後並未造成損壞，蒙面人看起來就像揮動著一把由火焰形成的長劍！

段雲飛與蒙面人的內功心法是屬性相反的存在，蒙面人所使用的是火系功法，而段雲飛的內功則是冰系心法。只見段雲飛把內功運使至極致，身上竟冒出絲絲寒氣。

方悅兒立即想起之前在回春醫館裡，梅長暉把手中藥湯丟向她，卻被段雲飛穩穩接住。那時他的手被濺上藥汁，卻沒有因此燙傷；甚至前一秒還冒著熱煙的藥湯，方悅兒摸上去時已經泛涼。

那時，段雲飛便是利用他特殊的內功冷卻了藥湯吧？

段雲飛的內功心法如果是冰系，理應能夠剋制對方的功法，只是現在火災現場實在太適合火系功法施展了。此消彼長之下，原本與敵人旗鼓相當的段雲飛只能被對手壓著打。

方悅兒雖然自信懂得世上大多功法，但她發現自己對於段雲飛與蒙面人的內功卻是一無所知。兩人功法一種至陰，一種至陽。有趣的是，使用至陰內功的段雲飛卻正氣剛強；相反地，蒙面人的雖是至陽的內功，然而卻是以吸取他人的內力而進階，可謂毒辣陰損至極。

少女對這兩個功法都不了解，因此無法給予段雲飛意見，可是她並沒有因此沮喪，相反地，那雙圓潤的杏眼比平常更是明亮了幾分。少女不顧熏眼的濃煙，雙目眨也不眨地盯著對戰的二人。

方悅兒本就長得又軟又嫩，現在睜著一雙大大的眼睛盯著激戰的兩人，不但沒有一丁點兒嚴肅感，雙目亮晶晶的她看起來更像個想要討糖的孩子，看得段雲飛都快要吐血。

好想將她丟出去啊！

段雲飛苦苦支撐著，原本他還期望方悅兒能夠跑出去找人，想不到少女卻不退反進地跑了過來，都快被她氣死了：「妳跑過來幹嗎？快離開！」

偏偏方悅兒完全不理他，甚至還手一揮，讓麥冬加入了戰場！

一直默不作聲與段雲飛對戰的蒙面人，見狀忍不住輕笑出聲，聲音竟意外地年輕。

段雲飛覺得自己都沒眼看了。麥冬是很強沒錯，可是牠連他都打不過，更別說因火災而實力大增的黑衣人了。現在這小傢伙衝進戰場，不是添亂嗎？

雖然在心裡破口大罵，可是段雲飛仍臭著臉在戰鬥中處處照顧著麥冬，他總不能真的讓這隻小松鼠就這麼被蒙面人斬死。

就在段雲飛焦頭爛額之際，附近傳來幾聲響亮的哨音。便見白影一閃，麥冬在他與蒙面人交手之際竄了出去，直撲蒙面人面門！

蒙面人見狀，手一翻便把劍往麥冬身上橫砍而去，然而卻發現剛剛麥冬那一撲竟是虛招，在他的劍橫斬過來時便已退了開。

段雲飛驚訝地發現蒙面人被麥冬這麼一打岔，竟露出一個破綻，而他使劍的角度只要略微調整，便可以讓蒙面人吃個大虧。段雲飛心知機不可失，連忙向著破綻攻去！

高手過招，往往一個小小的失利便能反轉整個局面。火勢蔓延後一直保持優勢的蒙面人，在段雲飛朝破綻出手攻擊時才驚覺，如毒蛇般追著麥冬的長劍只得慌忙回防，結果被段雲飛打得手忙腳亂。

這時又是一下短促的哨音，段雲飛敏銳地察覺到哨音與剛剛響起的雖然相似，卻有著些微的區別，青年正在思索，便見明明已退開的麥冬隨著哨音響起又再次繞了回來，張牙舞爪地撲向蒙面人，小小的身軀散發著「趁你病取你命」的強大氣勢。

見小松鼠凶狠的模樣，段雲飛莫名有些想笑，而被他纏得脫不開身的蒙面人勉強側身避過麥冬的撲擊，竟又露出一個破綻！

如果第一次是意外，那麼這一次，段雲飛相信麥冬的舉動是故意的！

可是麥冬再聰明也只是隻松鼠，也許牠能憑藉本能與人類對戰，可是這種預知敵人的招式、逼得敵人露出破綻的計畫性攻擊，一定得對他與蒙面人的武功了解得很透徹才能做得到。

若這眞是麥冬的自主行爲，這隻松鼠都可以成精了！

麥冬當然沒有成精，而是有人在背後操控牠。段雲飛聯想到剛剛聽到的幾下哨音，便往方悅兒看去，果見少女正拿著一枚寶石吊墜放在嘴上吹動，又是幾個長短不定的哨聲。

段雲飛想不到方悅兒身上的首飾還有這等妙用，那枚寶石吊墜——也許現在應該稱之爲「哨子」了——的飾物看起來與一般吊墜無異，想不到竟能吹出獨特的聲響。

而最神奇的是，麥冬在哨聲指引下就像方悅兒的手腳般，指哪打哪，這個小打手好用得段雲飛也覺得眼紅。

段雲飛與麥冬聯手將蒙面人打得節節敗退，蒙面人見局勢竟因一隻松鼠的介入而迅速反轉，頓時懵了。他本以爲方悅兒不足爲患，想不到此刻卻因爲這個武功不濟的姑娘，讓自己陷入挨打的局面。

蒙面人嘗試攻向方悅兒，只是段雲飛與麥冬都防著他；蒙面人本就處於下風，還試圖分神去攻擊他處，立即便被段雲飛抓緊機會出手，差點便中了一劍。

而他這舉動顯然激怒了麥冬，小松鼠的防禦力雖然很弱，可是動作敏捷靈巧，那有毒的牙齒與利爪也讓人無法小瞧牠的危險性。現在麥冬一生氣，速度更是快了幾分，頓時令本就處於下風的蒙面人手足無措，並生出撤退之意。

段雲飛有滿肚子的話想要審問這個蒙面人，自然不會讓他輕易逃跑，連忙加快攻勢，一副不把人抓住不罷休的架勢。蒙面人只能在段雲飛與麥冬的聯手下拚命尋找逃走的時機。

眼看勝利在望，然而此時書房裡其中一座書櫃在烈焰中「轟隆」一聲斷裂了一角支架，直直朝方悅兒的方向垮壓下去！

「方悅兒！」段雲飛見狀大驚，而蒙面人則看準了機會，趁段雲飛與麥冬都把注意力轉移至方悅兒身上的瞬間，成功擺脫了他們的糾纏轉身逃去。

段雲飛無視逃離現場的蒙面人，沒有絲毫猶豫地使出輕功向方悅兒掠去，並將朝著少女垮塌的書櫃用內力一掌推開。

其實段雲飛是關心則亂，方悅兒雖說因爲鮮少與人對戰，因此危機意識及反應比不上尋常武者，可是她終究有武功在身，這書櫃以少女的輕功還是躲得開的。

段雲飛這種果斷放棄追捕敵人、將同伴的安危放在最優先的做法，也許在其他人來看會覺得很愚蠢，但身爲被段雲飛關心著緊的同伴，方悅兒卻覺得既安心又溫暖。

「我們先離開這裡。」段雲飛道。

方悅兒聞言想要道謝，然而剛開口便不慎吸了口濃煙，頓時咳得眼淚都流出來，開不了口的她只得邊咳邊點頭。

從段雲飛與方悅兒他們進入書房，到遇上蒙面人直至大戰結束，整個過程其實所經過的時間並不長。然而就在這不足一刻鐘的時間裡，火勢卻已在書房迅速蔓延開來，亦引起在山莊內巡邏的弟子注意。

在眾人高呼「走水啦！走水啦！」的驚叫聲中，段雲飛乾脆抱起了咳嗽不止的方悅兒，使出卓越輕功如鬼魅般掠出，成功在濃煙遮掩下離開現場，只留下了一堆爛攤子……

❀

爲怕被救火的山莊弟子發現，段雲飛將輕功使至極致，趁著混亂總算在無人發現的情況下成功衝回方悅兒的房間，整個過程快得驚人，方悅兒還處於被男子壯健雙臂抱住的羞意中，便感到耳邊風聲大作。少女下意識抱緊躍上自己懷裡的麥冬，就怕小松鼠會被甩下去，結果風馳電掣之間她愣愣地發現自己已經回到房間裡。

當段雲飛帶著方悅兒與麥冬回到房間時，擔憂地等在房裡的半夏等人立即迎上來，一見方悅兒被段雲飛抱在懷裡，她們的臉全都黑了。

段雲飛覺得最坑的是，房內除了四名侍女，就連雲卓他們都在。此時玄天門眾人的眼神就像一片片刀刃般直直射向段雲飛。如果眼神可以殺人，那麼段雲飛應該全身都是血洞了。

方悅兒想不到房裡有這麼多人，也嚇了一跳，隨即又想起自己還被段雲飛抱在懷裡，臉頰迅速變得通紅，立即手忙腳亂地跳回地上。

段雲飛顯然也被雲卓他們凶狠的眼神嚇到，在方悅兒跳到地上後他立即肅起了臉，目不斜視地擺出一副正人君子模樣。

「雲大哥，你好，哈哈……你們為什麼會在這裡？」方悅兒一臉心虛地向眾人打哈哈，試圖把事情蒙混過去。

可惜雲卓被剛剛看到的情景刺激到，顯然不吃她這一套。他臉色很難看，立即上前將方悅兒拉離段雲飛身邊，並諄諄教誨道：「悅兒，即使段雲飛是我們的朋友，妳也不要與他走得太近。男人都不是好東西，知道嗎？」

段雲飛：「……」

喂喂！難道你就不是男人嗎!?

與雲卓一般，此刻顯然將自己撇除在「男人」這範圍外的連瑾與寇秋，一臉贊同地點頭。

見段雲飛鬱悶的神情，方悅兒不禁莞爾。爲著剛剛一起抗敵的情誼，方悅兒好心挺身爲對方解圍：「我知道了啦！段大哥是好人，剛才也是爲免被人察覺到我們夜探書房，所以才抱著我跑回來，這只是非常時期的權宜之舉啦！」

然而連瑾心裡還充斥著自家可愛妹妹要被一頭豺狼銜走的想法，此時鑽牛角尖起來：「小悅兒妳先前不還在喊他『段公子』嗎？怎麼只與他出去一會兒，回來便變成『段大哥』了？」

半夏等侍女聞言很想笑，要不是怕太刺激到雲卓等人的心臟，她們眞的很想將不久前方悅兒那超不要臉的認哥哥言論給他們重複一遍。

雖然侍女們沒有覆述方悅兒的話，然而方悅兒這個當事人竟理所當然地說道：

「你們是段大哥的朋友，所以段大哥也是我哥，喊『段公子』多生疏。」

雲卓心想我也是喚段雲飛「段公子」，有什麼生疏的……正要再說什麼，便聽段雲飛附和：「說得對，悅兒直接喊我大哥就好，不然就太生疏了。」

段雲飛是那種愈挫愈勇的性格，阻礙愈大，他便愈能生出動力去征服問題。原本他有些看輕方悅兒，因此之前少女與他套近乎時對此態度冷淡。可是經過剛剛書房那場突如其來的短暫戰鬥後，他對方悅兒的印象卻改觀了。

出現危險時，方悅兒並不是立即逃離，而是在保全自己安全的狀況下，盡自己最大的力量去幫助同伴。

如果方悅兒一開始便逃走，又或者不管不顧地靠近戰場添亂，段雲飛對她便會是另一種評價。然而方悅兒卻一直與戰鬥著的他們保持安全距離，並讓麥冬去適當地擾亂敵人。

段雲飛不得不承認，火災發生後，要是沒有麥冬與方悅兒幫忙，他勢必會落敗，到時狼狽逃跑的人便換成他了。

連瑾聽到段雲飛的話，瞇起一雙美麗的鳳眼，神態活像頭狡猾的狐狸：「小悅兒這麼說也對，只是喊『大哥』也不夠親切，妳不如直接喊他『阿飛』吧！」

眾侍女聞言皆露出訝異的表情，對連瑾大度的退讓感到驚訝莫名。

別看連瑾從小總愛與方悅兒吵架、經常以逗弄她為樂，他其實是很疼愛這個從小看著長大的妹妹。玄天門的人都極其護短，無論段雲飛抱著方悅兒的動作出於什麼原因，看在連瑾眼中都是在佔方悅兒便宜。

以侍女們對眾堂主的了解，此時他們應該恨不得砌出一道牆將方悅兒與段雲飛隔開來才對，又怎會讓方悅兒這麼親暱地喚對方名字呢？

眾人卻不知道以前一個看門的弟子曾養了一隻土狗，那隻狗就是叫「阿飛」。那土狗總是傻裡傻氣的，對任何陌生人都能熱情得不得了，一根骨頭便能把牠騙走，根本無法指望牠看門。土狗阿飛還特別喜歡滾泥漿，老是弄得自己滿身泥，然後再熱情地將人撲倒，順道把人弄成泥色。

連瑾小時候比較調皮，沒少拿這個名字來取笑段雲飛，老是「阿飛、阿飛」地喊，也不知道是喚那隻傻狗還是在喚段雲飛，兩人經常因為這個名字而打架，可連瑾依舊對此樂此不疲。

每次在段雲飛應他的同時，那隻同名的土狗又一臉傻樣地跑來，連瑾看到總笑得肚子痛，那場面實在太有喜感了！

連瑾說這番話時，方悅兒還在為段雲飛喊她一聲「悅兒」而心頭小鹿亂撞，這可是她對青年套近乎後，對方第一次喚她的名。

方悅兒本就是個顏控，對於長得好看的人特別沒抵抗力。原本在她覺得看不起自己的段雲飛有些討厭時，就已能無視這些負面情緒用對方的臉下飯，現在二人一起共患難後，方悅兒就更加覺得段雲飛這個人其實真的不錯。段雲飛喚她的名字時，頓時覺得對方的嗓音既富磁性又好聽，酥得她不要不要的。

因此當連瑾說話時，方悅兒還處於「被男神喚名字」的感動中，迷迷糊糊地便跟著喊：「阿飛。」

段雲飛腦海中頓時閃過一隻傻裡傻氣的土狗吐著舌頭的畫面，臉上神情頓時變得像吃下蒼蠅般難看。

他其實滿喜歡狗這種忠心的動物，可是老被人與一頭傻狗拉扯在一起，任誰也不會覺得高興！

段雲飛皺起了眉頭正要說什麼，卻一下與方悅兒的視線對上。少女一雙圓潤的杏眼凝望著他，勾起討好微笑的嘴角浮現出兩個甜甜的酒窩，段雲飛不禁心頭一軟，把想要脫口而出的拒絕吞回肚子裡，改爲含糊地「嗯」了聲。

連瑾見段雲飛竟然在方悅兒的注視下，鬼迷心竅地應允了這個他向來厭惡的稱呼，出乎意料之後頓時感到不好了！

雲卓狠狠瞪了連瑾這個神助攻一眼，隨即拉著段雲飛就往外拖走：「山莊發生火災，我們不去關心一下實在說不過去。段公子也快些換了身上的黑衣，與我們一起去露個面吧，等等路上可以告訴我們剛剛你們調查所得的事。」

八、守株詩兔

方悅兒看著被堂主們拉走的段雲飛還來不及做出反應，便被侍女們簇擁著去更衣了。

方悅兒邊換著衣服，還不忘控訴：「妳們先前答應我不告訴雲大哥他們，妳們騙人！」

白芍邊爲方悅兒整理著衣服，邊喊冤：「哎呀我的門主大人，妳可誤會我們了，我們才沒有告訴眾堂主妳晚上跟著段公子跑出去的事呢！」

香櫞解釋：「只是雲堂主他們得知山莊火災，擔心妳的安危便過來看看，結果就發現妳不見了。」

半夏嘆了口氣：「我們還因此被堂主們罵了一頓。」

山梔總結道：「結果門主妳回來後還誤會我們，眞是冤死了！」

侍女們是四胞胎，不僅容貌一模一樣，就連嗓音也非常相近。加上四胞胎心意相通，話一句接著一句說著，閉上眼睛聽起來簡直就像只有一個人在說話。

方悅兒聽到她們的話後便知道是自己誤會了，立即好說歹說地道歉。其實侍女們也沒有眞的生氣，只是假裝生氣來逗方悅兒罷了。

因為要裝作剛睡醒的模樣，因此方悅兒並沒有特意梳妝打扮，倒是節省了不少時間，很快就換好衣服、收好黑衣。她讓香櫞先去看守著丟在盆栽裡的藥瓶，並在其他三位侍女的護送下趕往火災現場與雲卓他們會合。

她們趕到時書房的火已被熄滅，裡裡外外都是忙碌清理著現場的山莊弟子。柳氏與梅煜也在忙著指揮現場，而許冷月等客人都來到書房外了解狀況。

因為地上都是灰燼與水窪，再加上仍殘留著難聞的氣味，因此除了忙碌收拾殘局的山莊弟子，其他人都站在比較遠的位置，就連梅莊主死後暫時當家作主的柳氏也站得遠遠的。反倒是梅煜無視難聞的氣味，與眾弟子一樣站在污水上指揮著現場。

夜探白梅山莊的事自然不能大刺刺地當眾談論，方悅兒只得向段雲飛眨眼示意，指了指段雲飛又再指了指雲卓他們。

段雲飛察覺到方悅兒的小動作，不禁莞爾，向方悅兒點了點頭，表示自己已將事情都告訴雲卓他們了。

站在一旁被蘇沐華大獻殷勤的許冷月，見到方悅兒與段雲飛的互動後心裡「喀噔」一聲，覺得這二人的氣氛變得不一樣了，竟有著難以言喻的默契。

段雲飛他不是也看不慣方悅兒的嗎!?

許冷月心裡慌亂，經過這次白梅山莊死咬著不鬆口讓自己退婚後，她便深刻感受到形勢比人弱、被人隨意掌握住命運的可悲。

她醒悟了，為了許家的發展，她的夫婿絕不能找太差的，可是也不能找像梅長暉那樣，背後有一整個大靠山的大家族，會輕易被拿捏得死死的！

許冷月愈想便愈覺得段雲飛是她最為理想的夫婿，這個想法已成為她的執念，而且她真的好喜歡對方啊！

可現在，段雲飛卻與方悅兒之間流露出難以言喻的默契。這讓許冷月不禁生出了危機感。不過他們的互動雖然變得親暱，其中卻不涉及男女之情，許冷月心裡深深鬆了口氣，隨即又為自己的著急感到訝異。

什麼時候高傲如自己，竟會為了一個男人而患得患失？

難道這就是愛情的力量嗎？

「小姐，妳怎麼了，身體不舒服嗎？」如意見許冷月愁眉不展，誤會是她身體不適，連忙上前攙扶。

許冷月並不方便道出剛剛的心思，便順勢點了點頭。

如意眼珠一轉，便道：「哎呀，我家小姐就是善良，一聽說發生火災便立即趕過來，難道是剛剛跑得太急所以不舒服嗎？我就說不用那麼趕，看人家方門主不也姍姍來遲嗎？」

相較於性格高傲、不屑做穿小鞋這種事的許冷月，如意這個記仇的丫頭就小家子氣得多了。許冷月雖然爲人冷冰冰，卻不是個嚴厲、難侍候的主子，再加上不少男子仰慕許冷月的美貌與才華，爲了親近佳人而經常與身爲女神貼身侍女的如意套近乎，久而久之便把如意的心養大，看不清自己的位子。

結果與方悅兒發生爭執時，方悅兒卻直言她身爲奴僕沒大沒小，在狠狠打了她臉的同時，更是直指如意一直以來刻意忘卻的身分差距。如意對此一直懷恨在心，老是在言語間挖苦方悅兒。

許冷月心高氣傲，雖不會主動去找方悅兒麻煩，但看到對方與自己的心上人如此親暱，心裡也不舒服。如意的行爲看在許冷月眼中倒像爲主子出頭，因此她並沒有出言制止，默許了如意挑釁的言行。

可惜方悅兒本就不是個按牌理出牌的人，聽到如意的挖苦完全不生氣，還理所當然地點了點頭：「如意姑娘說得對，這麼早過來又幫不上忙，這不是添亂嗎？」說罷，還一副不贊同的模樣看了許冷月主僕一眼。

原本如意這番話是想突顯自家小姐急人之難之餘，順道踩低方悅兒，為對方戴上一頂名為冷血無情的帽子。豈料方悅兒直認不諱，而且三言兩語便轉變成她不想過來為大家添麻煩，趕過來而又幫不上忙的許冷月主僕反倒是不懂事了。

如意只覺得胸口堵著一口氣都快要吐血，她發現方悅兒並沒有特別聰明，可卻超級厚臉皮。也不知對方是裝傻還是真的領悟不到她的意思，少女總能將話題帶往詭異的方向。偏偏如意又不能真的與對方撕破臉，最終氣到的人依舊是自己。

段雲飛看了把如意堵得說不出話的方悅兒一眼，眼中閃過一絲笑意。如果是之前他對方悅兒有著成見的時候，也許會覺得少女得理不饒人，可現在卻覺得她的直言直語滿可愛的。

一直暗暗關注段雲飛一舉一動的許冷月眼中滿是黯然，蘇沐華見狀以為她真的身體不適，連忙上前噓寒問暖。

許冷月搖了搖頭表示自己沒事，並讓如意別再與方悅兒吵鬧。如意顯然覺得被削了面子，感到深深不忿，可自家小姐也不幫自己，在人微言輕的狀況下，只得一臉不甘地閉上了嘴，只是心裡卻暗暗嘀咕自家主子怕事又沒用。

正心不在焉看著火場清理狀況的柳氏，從如意略微尖銳的嗓音中發現到方悅兒等人的出現，便走到方悅兒等客人面前告罪：「眞是抱歉，想不到書房在晚上竟然走水，讓諸位受驚了。」

此時梅煜已安排好清理的一眾事情，滿身灰塵地走到方悅兒等人身前，向他們帶歉意地拱了拱手。

明明知道事情始末，卻裝出一臉不知情的方悅兒上前說道：「意外的事誰都不想發生，有人受傷嗎？知不知道為什麼會起火？」

方悅兒的小模樣太有欺騙性，平常她不用裝也一副無辜軟綿的模樣，現在搭上一副茫然的神情，絕對是幹壞事脫身時的必備神器。段雲飛敢打賭，這裡除了知道眞相的人，根本沒人會去懷疑她清楚事情始末。

正因爲方悅兒這天生的優勢，因此有些事由她去辦，絕對能產生更大成效。

柳氏心裡記掛著自己的兒子，山莊一夜之間發生了這麼多事，梅長暉留在房裡也不知會有多擔心受怕。既然確定了一眾貴客都沒有受傷，後續事情丟給梅煜來處理就好。

反正梅煜這個妓女生的兒子身分低賤、上不得檯面，就只配幹這些雜活了。

心裡看不起梅煜的柳氏，臉上卻一臉慈愛地要梅煜處理好事情，向方悅兒等人告辭、表達歉意，並請眾人早些回去休息後，她便先一步離開，到梅長暉的房間去看寶貝兒子了。

方悅兒看到梅煜事情已忙到一個段落，現在就只待那些弟子收拾殘局，正好柳氏先行離開，少女便來到梅煜面前，一臉欲言又止地道：「梅公子，我有些話想與你說……是有關梅莊主的死。」

正用濕毛巾抹臉的梅煜手一頓，隨即放下毛巾，那雙素來溫和的眸子此時帶著難得的銳利：「方門主妳是發現了什麼線索嗎？」

方悅兒點了點頭：「這事還說不準，我們找個地方說一下？」

梅煜聽到方悅兒的提議，二話不說便領著他們到議事廳，並交代弟子們沒要事不要進來打擾他們。

方悅兒說這番話時並沒有避開林靖等人，他們聽到方悅兒有凶手的消息後，也立即打消回房間休息的念頭，忍著倦意跟著方悅兒等人過去。

當梅煜讓眾下人退下、議事廳只剩下他們後，方悅兒想了想又道：「白梅山莊還有一些地位高，且對梅莊主非常忠心的人嗎？因爲接下來說的事事關重大，是能夠動搖白梅山莊的大事，方便的話我想讓這些人也聽一下我的發現。」

原本方悅兒是打算愈少人知道這事愈好，畢竟愈多人知道的事便愈不是祕密了。她還打算守株待兔讓凶手自投羅網呢，要是消息走漏那就糟糕了。

可剛剛看到柳氏與梅煜的互動後，方悅兒卻驚覺，梅煜雖是梅莊主的兒子，只是他這兒子在山莊卻不受重視，美其名是主子，也許地位比一般弟子還不如。雖然梅長暉被廢後，梅莊主似乎有意培養他，然而梅煜還過不上一天好日子，梅莊主便被殺了，想想這傢伙還滿悲催的。

梅莊主死後，山莊的事暫時都由柳氏把持，出身武林世家的柳氏雖不懂武功，可身為莊主夫人的她在白梅山莊威望很高。方悅兒擔心即使真的揭發出她是凶手，憑柳氏在白梅山莊的地位聲望還是能夠輕易洗白自己。

方悅兒他們終究是外人，不宜插手太多白梅山莊的事。因此方悅兒靈機一動，臨時起意讓梅煜找些梅莊主的心腹過來，當柳氏露出真面目時，這些人可以主持正義。

梅煜找來了兩個人，他們一人是梅莊主的愛徒，另一人是白梅山莊的管事。那名徒弟忠厚老實，而且非常尊崇梅莊主；管事則是在梅莊主小時候便一直照顧他的老僕，有著父子般的情分。

方悅兒看到這兩人時，心裡暗暗點頭，覺得梅煜能在短時間找出這麼適合的人，也不知比不成器的梅長暉聰明多少倍。可惜他偏偏是個庶子，不然只怕少莊主之位早就沒梅長暉什麼事了。

待人到齊後，方悅兒便巧妙地告知了梅煜晚上她發現盆栽有異一事。她當然不會坦白自己夜探山莊的事，只說聽到書房發生火災便趕過去查看，結果心裡慌亂之下走錯了路，正好讓她看到梅長暉房外的一盆茶花有異。

方悅兒這番話既提出了茶花的事，又順道從旁解釋自己爲什麼在火災發生後姍姍來遲。段雲飛原本還打算在少女說話出了漏洞時替她遮掩過去，想不到方悅兒忽悠起別人卻是這麼溜滑，倒是白替她擔心了。

聽過方悅兒的話後，不知情的蘇沐華、林靖等人都是一臉驚訝，白梅山莊三人則是神色變得很難看。柳氏因爲山莊繼承人一事與梅莊主發生過爭執，這件事並不是祕密，只是他們從沒把梅莊主的死亡往柳氏身上想而已。

得知花盆中藥瓶的存在，即使方悅兒沒說出梅莊主夫婦房內飾物盒暗格的事，他們還是立即懷疑起柳氏。

雖然東西是在梅長暉房外找到，可是殘廢了的他這天回到山莊後一直在躺床，根本沒有行凶能力，因此最有嫌疑的人便是疼愛著梅長暉、並爲兒子與梅莊主發生爭執的柳氏了。

仔細想想，梅莊主被殺後，得到最大好處的人不正是柳氏嗎？

只要梅莊主一死，柳氏與梅長暉便能獲得一個緩衝期。甚至他們還能暗地裡殺死梅煜，到時白梅山莊只得別無選擇地讓梅長暉繼承了。

雖然理智上知道這個猜測可能性很高，可是在感情上，那名徒弟與管事都無法相信與梅莊主鶼鰈情深、溫柔和善的莊主夫人能下得了此毒手。

徒弟一臉猶豫地為柳氏開脫：「要是師母真是凶手，可師父死後她又不想讓庶子繼承，單憑師母與重傷的師兄又怎能撐起一個白梅山莊呢？」

與眾多世家打交道、最為明瞭當中彎彎繞繞的林靖道：「只要梅少莊主有個繼承人，便能夠穩定局面。在梅少莊主的兒子長大前，不是有你們在嗎？」

徒弟與管事聞言愣了愣，隨即再也說不出反駁的話。的確，他們愛戴梅莊主，也忠於白梅山莊，要是繼梅莊主後梅煜也出了意外，那麼他們一定會擁戴梅長暉這個梅莊主唯一的血脈。

就像林靖所說，梅長暉雖被廢了，但他們可以讓梅長暉的兒子繼承山莊啊！正好少莊主的未婚妻不就在山莊裡嗎？

二人想到這裡，不由自主地往許冷月望去。此時許冷月也想到要是林靖的猜測成真，梅長暉必定急於生出一個繼承人來穩定局面，到時她別說是悔婚了，說不定還會被人強行奪去清白，讓她這個未婚妻再也跑不掉……

許冷月臉色頓時變得煞白，原本她還對於誰是凶手並沒有太在意，可如果事情真如眾人所猜想，她一定要想辦法讓柳氏與梅長暉沒有翻身之日。要不然對她來說總是個隱憂。

少女這麼想著，便不再是對能否找到凶手感到無所謂的旁觀者了，即使她再高冷，當事情涉及到自己時也不能繼續袖手旁觀：「那方門主所說的藥瓶有帶過來嗎？」

方悅兒搖了搖頭：「當時我聽到走水後便趕著過來，雖然覺得那盆栽怪怪的，但因爲擔心大家的安全也管不得那麼多。不過我有讓香櫞留了下來，看看有沒有人接近那個盆栽。」

段雲飛默然地看著方悅兒忽悠梅煜他們，不禁再次感慨方悅兒那令人生不起防備的乖巧長相實在佔便宜，看看她說出來的話多容易讓人信服就知道了。段雲飛一開始也以爲這姑娘特別單純，相處久了卻發現她其實滿肚子壞水。

然而段雲飛不得不承認，看方悅兒用著那張特別純眞的臉將人騙得團團轉，整個過程實在頗有喜感，非常富有娛樂性。

梅煜等人聽到方悅兒的話，心思也頓時活絡起來，梅煜說道：「真是辛苦香櫞姑娘了。一會兒請寇堂主與我們跑一趟，如果證實那藥瓶存放的是白水藍，我會親自躲在暗處守著那盆栽，萬一凶手回來處理證物，到時就能抓個正著。」

方悅兒與段雲飛交換了一個眼神，原本他們還打算找個機會把這守株待兔的責任交回給白梅山莊的人，現在既然梅煜立刻提了出來，那麼他們也能省事不少。

至於在書房的那名蒙面人，方悅兒與段雲飛並不打算告訴梅煜有這號人物的存在。畢竟他們不知道那個人去書房的目的是什麼，說出蒙面人一事勢必要解釋他們兩人為什麼會在書房，方悅兒與段雲飛誰也不想惹禍上身。

接下來為免打草驚蛇，眾人皆各自回房，只有寇秋跟著梅煜他們三人走了一趟。

方悅兒才換上舒適的衣服準備睡覺，便見留下來看守盆栽的香櫞回來了。

少女聽著香櫞的報告，外面發生的事與她預想的差不多。梅煜他們悄悄來到梅長暉房外，寇秋當著他們的面將藥瓶及盆栽仔細檢驗了一番後，證實盆栽的泥土有著白水藍的獨特反應。

也就是說，這瓶被人丟棄在盆栽裡的白水藍，十之八九便是凶手所使用的毒藥。

「因爲事關重大，梅公子決定親自守著盆栽，看看能不能引出凶手。管事他們見狀，也表達出不把凶手抓住不罷休的決心，與梅公子一起看守著那盆栽。」香櫞道。

方悅兒慵懶地窩在被窩裡，聽完後掩嘴打了個呵欠：「如果明天凶手還是不現身，我們可以放出些風聲恫嚇一下，說不定對方就會狗急跳牆了……」

半夏上前整了整方悅兒身上的被角：「哎呀我的大小姐，妳就安心睡覺吧！這事自有白梅山莊的人去管，妳就別多想了，熬夜多傷身啊！」

此時早已過了方悅兒平常入睡的時間，少女先前還不覺得累，現在躺在被窩裡，眼皮便立即打起架來。

方悅兒半睜著眼睛，道：「可是那瓶藥是我與阿飛找出來的嘛……要是這樣還讓凶手跑掉，那我們……不是做白工了嗎……」

說著說著，方悅兒便睡著了。

侍女們對望了一眼，都感到一陣無奈。這一天發生了那麼多事，也不知有多少人徹夜難眠。可她們的門主大人就是心大，說著話還能夠睡去。

九、書冊

方悅兒素來奉行「睡到自然醒」的生活規律，因爲夜探山莊及火災等事而比平常晚睡，因此當她隔日醒來時已日上三竿了。

少女看到前來侍奉她梳洗的半夏等人，第一時間便詢問盆栽那邊有沒有進展，果然有了令她滿意的結果，半夏說道：「果眞有人偷偷去消滅證據，結果被梅公子他們抓個正著。門主大人你們眞的猜中了，殺死梅莊主的眞是梅夫人！」

雖然方悅兒對凶手的身分早有猜測，也有預感結果十之八九如他們所料，不過聽到沒有冤枉了人時還是鬆了口氣，隨即也爲自己那麼厲害地推敲出凶手而沾沾自喜。

方悅兒心裡也明白，自己之所以能揪出柳氏的狐狸尾巴，段雲飛也功不可沒，並不單單只是自己的功勞。不過……她還是覺得好爽啊！

「有沒有鬧起來？」方悅兒對於自己的「戰績」抱以十二萬分的好奇。

白芍邊說著話，打理著方悅兒頭髮的手卻絲毫沒有停頓，很快便爲她梳好一個俏麗的髮型：「怎會沒有？鬧得可凶了。即使被人抓個正著，梅夫人卻怎麼也不肯承認人是她殺的，只一個勁地推說事情不是她做的。可是梅煜他們馬上便在她的飾物盒裡發現存放藥瓶的暗格，她再怎麼否認也不會有人相信了。」

白芍說罷，一旁正爲方悅兒配搭今天手鐲的山栀，聞言一臉不屑地撇了撇嘴，顯然對柳氏的自辯嗤之以鼻：「聽說柳氏被人逼得緊了，最終鬆口承認那瓶藥是屬於她的，可是卻堅稱她並沒有用來暗害梅莊主，甚至還說她不知道那瓶白水藍爲什麼會被丟在花盆裡。那時得知梅莊主死前中了白水藍後，她回房間查找，才發現那瓶藥不見了。嘖！世上哪有那麼巧的事？」

方悅兒聽得有些迷糊：「既然藥瓶被偷，那她爲何會去茶花那裡試圖消滅證據，結果被人抓個正著？」

相較於山栀毫不掩飾的不屑，香櫞心裡雖然也覺得柳氏的說詞不可信，但說話仍是溫溫柔柔：「梅夫人說藥瓶不見後她心裡很慌，深怕因此惹禍上身。後來又不小心聽到下人抱怨說梅長暉窗外那盆長得好好的茶花不知怎地枯萎了。那時她正滿心琢磨著藥瓶丟到了哪去，聽到下人的話便留上了心，決定無論是不是因爲毒藥的關係都要過去確認，結果便被人抓個正著。」

聽完柳氏辯解的說詞，方悅兒的想法與山栀一樣：「哪有那麼湊巧的事？」

山梔立即一副找到知音的模樣，道：「就是嘛！梅夫人太可疑了，梅公子還特意讓人去找有沒有這麼一個下人，可是根本找不到。」

方悅兒點頭贊同，邊挑選著耳環，邊態度隨意地詢問：「那梅夫人有沒有解釋，如果那瓶藥不是用來殺死梅莊主，是用來做什麼的？」

幾名侍女聞言面面相覷，隨即不約而同地「噗哧」笑了出來。

原本對柳氏的自辯已沒多大興趣的方悅兒，見狀忍不住好奇追問：「怎麼了？有什麼好笑的事嗎？」

半夏笑道：「梅夫人被逼得緊了，情緒彷彿快要崩潰，接著就說出那瓶藥是用來毒殺梅公子的。」

方悅兒聽完後露出驚呆的神情，都不知道該說什麼才好了。

現在梅長暉被廢，柳氏的殺人嫌疑又那麼大，白梅山莊的下一位繼承者基本上就是梅煜了。柳氏不想承認殺了梅莊主，但也不要講出來她想殺梅煜吧？

又或者，柳氏真的看庶子太不順眼，所以才一不小心就將真心話說出來嗎？

方悅兒只得在心裡替她點了根蠟燭。

「那現在梅夫人怎樣了？」方悅兒問。

半夏道：「對方畢竟是梅公子的嫡母，他不管怎麼處理都會顯得不妥當，輕不得重不得，便先將人軟禁下來。」這些事一眾侍女們早已打聽清楚，以免方悅兒對眼前情勢一無所知。

方悅兒聞言點了點頭，心知柳氏如無意外，大概會被梅煜軟禁到死吧？又或者再過一、兩年，待梅煜完全掌控了白梅山莊後，便會讓她「病逝」？

畢竟殺死莊主絕對是大罪，現在梅煜只是因對方身分特殊才冷處理。至於說到母子之情什麼的就太虛假了，即使是方悅兒這個外人來看，柳氏待梅煜也只有那點表面工夫。如果眞對庶子慈愛，梅煜這個二公子也不會到現在還不爲人知了。

而且柳氏在被審問時，還脫口而出地明言想要梅煜的命呢！即使梅煜再老好人，也絕無可能放著一個想要取自己命的人不管不顧。

何況柳氏與梅煜之間說不定還存在著殺母之仇，方悅兒可沒忘記梅煜的母親消失得不明不白，誰知道裡頭還有沒有其他的故事？

雖然梅莊主的兒子除了梅煜還有個梅長暉，畢竟他只是下半身殘廢，又不是腦子壞掉，如果山莊弟子願意受他指揮，也許他還能繼承山莊也說不定。可現在柳氏卻被抓個正著，而且她丟棄藥瓶的地點還是在梅長暉房外，那山莊的眾人便不得不多想了。

到底柳氏對梅莊主起殺心一事，梅長暉是否知情？

如果他知情的話，在其中又擔任著怎樣的角色？

這個疑問也許永遠無法得到解答，可只要他們心裡有著這層懷疑，就無法坦然地擁戴梅長暉繼承莊主之位。何況他們還有一個更好的選擇——梅煜四肢健全，處事有條不紊，即使並未接觸太多山莊事務，但有那名梅莊主的徒弟與管事的扶持，豈不比讓有著弒父嫌疑的梅長暉上位好得多？

想到那個素來只會折騰的梅長暉，方悅兒的表情頓時變得有些一言難盡：「既然凶手已經抓到，我們身上的嫌疑也洗清了，那就沒有再留下來的必要。白梅山莊發生了那麼多事，繼續留在這裡打擾人家也不好。我們收拾一下，用過早膳後便離開吧。」

免得梅長暉知道柳氏的事後鬧起來，他們這些外人在的話感覺多尷尬！

四名侍女倒是沒想那麼多，卻仍爽快應允下來。反正在白梅山莊都待夠了，門主大人想走就走唄，只要門主大人開心就好了！

❀

當方悅兒離開房間前往飯堂時，立即便感到她剛剛說要離開的決定到底有多英明。

原本梅莊主被殺後，山莊裡一眾弟子的神情皆已十分悲痛凝重。現在眞相揭發後，竟是莊主夫婦的相愛相殺（？），整座山莊的氣氛更加壓抑了。

方悅兒覺得要是再待在這沉重的氣氛中，對她的精神簡直就是種折磨。

經過了山莊眾人一整晚的努力，曾爲火災現場的書房已被清理得差不多。方悅兒行經庭園時，還看到他們把未完全燒燬、救火時被水弄濕的書籍攤放在地上曬著，努力搶救書房內的藏書。

「梅公子？」方悅兒看到那個在庭園中忙碌的身影時，忍不住驚訝地朝對方喚了聲。

梅煜手抱幾本濕漉漉的書籍，抬頭向少女打了聲招呼：「方門主早上好，是去用早膳嗎？」

方悅兒想到自己日上三竿才起床，至今還未用早膳，可人家梅煜卻已不知在這裡幹活了多久，臉上閃過一絲赧然。不過她向來臉皮夠厚，很快便拋開這情緒，一臉好奇地詢問：「你也在忙著曬書嗎？這些讓下人做就好了吧？」

梅煜雖然依舊微笑著，只是笑容卻帶著苦澀：「我現在有些靜不下來，忙碌一些也好。」

聽到梅煜的話，方悅兒也明白過來了。家裡出了這種事，無論梅煜與梅莊主夫婦是否親近，心裡終究不太好受。何況他以前從來不受待見，活得像透明人一樣，現在山莊裡的大小事務都要靠他處理，他應該也是覺得慌張吧？

有時心裡不平靜，找些事情做反而會比較好，忙碌起來就不那麼容易胡思亂想了。

方悅兒向梅煜投以一個同情的眼神，然而這一眼卻讓她注意到青年拿在手上的書冊。

這書冊因為火災而受損，至少三分之二的封面被燒燬，露出裡面的內容。

當方悅兒看到紙張上熟悉的字跡時，一雙杏眼頓時睜得大大的，隨即滿臉震驚地提出請求：「梅公子，可否讓我看看你手上的書冊？」

梅煜見方悅兒一臉焦急，彷彿恨不得立即將書冊搶過來的模樣，連忙把手中書冊交給少女：「當然可以。」

方悅兒也顧不得解釋，獲得應允後立即接過書，再三確認書上的字跡後，少女雙目頓時泛起一陣水氣。

在方悅兒因看到那本書冊而失態時，半夏她們已覺不妥，現在自家門主都要哭出來了，便立即緊張地圍上去，寬慰的寬慰、遞手帕的遞手帕，倒是把梅煜這個書冊的主人擠了開來。

方悅兒過了好一會兒心情才平復過來，看到被侍女們擠得遠遠的梅煜頓時赧然，邊用帕子按了按眼角，邊道：「不好意思，讓你見笑了。」

梅煜搖首表示不在意，並好奇地詢問：「方門主，這本書有什麼不妥嗎？」

方悅兒聽到梅熤的詢問，下意識握緊了手，下一秒卻又像驚醒般放鬆了力道，並心疼地撫了撫被自己捏出了些許縐摺的書紙：「梅公子，這本書是在書房裡找到的嗎？還有沒有其他書籍與這本書一樣有著相同的字跡？」

梅熤聞言愣了愣，道：「這本書是在書房暗格中發現，要不是書房發生火災，我們還真發現不了那個暗格。我鮮少進入父親書房，並不確定有沒有其他書也有同樣字跡。不過那暗格就只藏有這麼一本，所以我猜應該就只有這本了吧？」

「那有沒有人知道這本書的來歷？」方悅兒問。

梅熤搖首道：「發現暗格時，我詢問過負責打掃的弟子，卻沒有人知道這暗格的存在。後來我還將書給管事他們過目，然而就連他們也對這書一無所知。我看過書冊裡的內容，只是一本很普通的遊記，就猜也許是這書有特別的紀念價值，因此父親才把它收起來吧？」

書上的字跡是很秀氣的簪花小楷，一看便知道是女性所寫。梅熤最後的那番話說得婉轉，不過誰都聽出了他的意思。這書大概是哪位紅顏知己所贈，所以梅莊主把它收起來睹物思人。

方悅兒聞言嘴角一抽，只覺得好想揍人：「那是我娘親的字跡。」

梅煜震驚地道：「難道父親與令堂……」

方悅兒很想敲開他的頭殼，看看他的大腦到底是怎樣的構造，竟有這如此詭異的想法：「你別胡思亂想！我娘清清白白的，只是她有些手寫的書冊在多年前遺失了而已！」

梅煜聞言立即察覺到自己失言了，瞬間滿臉通紅，想到自己剛剛到底胡想了些什麼、還脫口說了出來，他簡直想找個洞鑽進去，頓時目光游移，不好意思正眼與方悅兒對望了。

方悅兒看著青年的反應覺得有趣。梅煜平時溫溫柔柔的，溫和得像是沒有自己的情緒似的，難得見他尷尬的模樣，要不是看到母親的手稿心裡不平靜，方悅兒都想繼續逗逗他了。

「梅公子，我有個不情之請。不知這本書冊你能否割愛？」方悅兒問。

梅煜聞言一臉猶豫，雖然這書表面上只是本普通的遊記，可是能讓梅莊主慎重藏起，想必應該並不如外表那樣簡單。

然而這終究是方悅兒母親遺失的東西，先前對方不知道便罷，現在知道了並開口向他討要，他卻把書扣著不還，實在說不過去。

見梅煜面露猶豫，方悅兒道：「門派裡還有不少母親的墨寶，如果梅公子有疑慮，我可以提供來作證明。這書雖然曾經遺失，但現在既然找到，我們也不追究書冊到底爲什麼會出現在白梅山莊，只望梅公子能夠將其歸還就好。」

如果剛剛方悅兒只是單純的請求，那現在就是威脅了。

這本失竊的書冊出現在梅莊主的房間，還被藏在暗格裡，那是不是表示當年就是梅莊主偷走的？

這事本就是白梅山莊理虧，再加上山莊勢力不及玄天門，現在還處於權力交接的動盪時期，要是玄天門追究這件事，那白梅山莊一定吃不完兜著走。

於是梅煜很乾脆地應允下來：「這書冊既是令堂所寫，雖然不知它怎麼流落到父親手上，但既然發現了，我當然很樂意將它物歸原主。」

「太好了那我就謝謝你了！」方悅兒就等著梅煜點頭，立即說話不帶停頓地將書冊交給侍女收好，一副生怕其他人把它搶回去的模樣。

梅煜看著覺得好笑，但想起關於這位門主的資料似乎是早年喪母，父親也在數年前過世了，覺得對方這種在乎亡母遺物的舉動令人疼惜。再加上他也是小小年紀便失去了親母，因此更是對方悅兒的舉動感同身受。

「梅公子。」此時，不遠處傳來了許冷月清冷的嗓音。只見她白衣飄飄，俏生生地站在數步之遙的荷花池畔，彷如不食人間煙火的荷花仙子。

也難怪仰慕許冷月的人都稱她一聲「許仙子」，她實在有讓那些自視甚高的才子追捧的本錢。

方悅兒雖然不喜歡許冷月的性格，可是她這個標準顏控卻愛死了許冷月這張漂亮的臉蛋。她此刻雖然臉上不顯，可是心裡的小人正在尖叫著「美美美！而且好仙氣！」。

「許姑娘，妳有事情找我嗎？」梅煜上前詢問。方悅兒要看美人，也屁顛屁顛地跟過去。

「梅公子，我知道你這段時間十方忙碌，而且山莊發生了這麼多事，你的心情一定很難受，我不應該在這時候還打擾你。可是除了你，已經沒有任何人可以幫我了……」許冷月一臉哀戚，緩緩向梅煜訴說著想要退婚的請求。

說罷，許冷月見梅煜一臉爲難的模樣，便轉向一旁的方悅兒，懇求：「方門主，我們同爲女兒家，妳也明白婚事影響著我們大半輩子的命運。梅少莊主受傷後性情大變，更明確表示出對我非常厭棄，要是我們眞的勉強成親也不會幸福。我想妳也明白我的苦處，對嗎？」

這也是許冷月沒有與梅煜私下說的原因，原本她覺得退婚並不是什麼好拿出來說的事，愈少人知道愈好。然而被梅莊主拒絕後她便慌了，想法也隨之改變。

梅長暉成了廢人，他最大的依靠——柳氏，被揭發是殺死梅莊主的眞凶，更糟糕的是，梅長暉素來對他庶弟梅煜很惡劣。現在梅煜上位，許冷月可以想像梅長暉往後在白梅山莊的日子絕不會好過。如果她眞的嫁給了對方，接下來的生活會有多悲慘絕對可想而之！

相較於現實的殘酷，那麼虛無縹緲的自尊就顯得不那麼重要了。許冷月這次決定稍微放下身段請人幫忙，方悅兒身分尊貴，要是對方願意爲自己說話，那麼成功的機會絕對會大增。

可惜方悅兒雖愛看美人，卻只是在欣賞的程度，遠遠不至於到「顏即正義」這種失去理智的境界。美人她看了，至於美人的求助方悅兒卻選擇冷處理。

反正即使她不插手，梅煜也不會過於爲難對方。

雖說梅煜表面上待梅長暉這兄長不錯，可說不定正暗暗對他倒楣一事暗爽呢！現在白梅山莊群龍無首，正是梅煜發展的大好機遇。只要梅煜不傻，絕不會讓梅長暉在這時候有機會生下繼承人，因此許冷月這次退婚成功的機會很大。

其實這道理很簡單，許冷月應該也能想得到才對。可惜她此時身在局中，滿腦子都充斥著嫁給梅長暉的恐懼，因此才看不清楚情勢，只想抓住方悅兒讓她幫忙，好讓退婚的機會變得更大。

偏偏方悅兒卻完全不理會她的懇求，以疏遠又禮貌的笑容說道：「這是許姑娘與白梅山莊的事，我就不多有意見了，相信你們好好談談的話，應該能夠獲得雙方互利的共識。」

許冷月雖因少女無視自己的求助而感到沮喪，可是心裡的高傲卻不允許自己不要臉地繼續懇求。

見許冷月這麼輕易便放棄，方悅兒不禁慨嘆她們兩人果然是不同世界的人。如果這件事發生在自己身上，在不能獲得幫助便要被毀掉下半生的情況下，自己一定會不顧顏面地豁出去。多說幾句好話而已，又不要錢。

當然，這不是說方悅兒會完全不要自尊，她有自己的底線，只是她的底線沒許冷月那麼高而已……

比如在許冷月眼中「忍辱負重」的懇求，對方悅兒來說根本算不得什麼，她完全不明白求助的話有什麼難以啓齒的。既然自己無能為力，別人有力量幫忙那就向對方求助唄，又不會少塊肉。

又不是要她下跪，怎麼許大小姐說完就一臉被折辱的模樣？

不過既然許冷月不再糾纏，方悅兒也樂得不用再理會她。

剛醒來的時候還不覺得，現在少女開始有些餓了，只覺得飯堂的早膳在呼喚著自己。

然而方悅兒卻忘了許冷月身邊還有一個尖酸潑辣的侍女如意。許冷月自恃清高不願放下顏面，如意可沒有這種顧忌。更何況對於這個記仇的丫頭來說，能讓方悅兒爲難，她就已經很高興了。

於是在方悅兒剛要邁步離開時，如意突然「撲通」一聲跪在地上！

方悅兒第一次被人跪，而且還是眞的「撲通」一聲、如此有氣勢地跪出聲響，整個人都被驚呆了！

跪在地上的如意一時痛得齜牙咧嘴地說不出話，她原本只是看不得方悅兒這麼輕易就離開，想對她添點堵，結果抓不準力度，一不小心跪得太大力！

雖然如意是個下人，可是許冷月待下人很寬容。從小被許冷月買回來的她其實沒過過多少苦日子，現在這麼一跪頓時痛得噴淚！

結果滿肚子想要阻止方悅兒離開的話說不出來，如意只顧著繼續跪在地上痛得嚶嚶嚶……

方悅兒：「……」

侍女們：「……」

梅煜：「……」

許冷月：「……」

結果侍女們最快回過神來，只見半夏無視跪在地上的如意，一臉疼惜向對方悅兒說道：「門主大人，妳整個早上粒米未進，我們還是快些去用膳吧！」

依舊痛得說不出話的如意在心裡尖叫：這傢伙自己晚起，沒東西吃活該！到底有什麼好疼惜的!?妳看看我！看看我痛得噴出來的淚！

最讓如意記恨的，是害她如此的罪魁禍首方悅兒，竟然與侍女一樣無視她。只見方悅兒點頭附和半夏的話，邁步就要離開！

如意把這意外也歸咎在方悅兒身上，在心裡記上了一筆。

要不是想阻止少女離開，自己又怎會受這種苦？所以方悅兒就是害了她的罪魁禍首沒錯！

甚至如意還記恨上許冷月，如果不是爲了她，自己又怎會受這種罪？

如果不是因爲許冷月是主子，她是侍女的話……

然而當如意聽到方悅兒離開前的一番話後，卻顧不得腿上的痛楚，只覺得膽戰心驚，冷汗涔涔。

「許姑娘，我還是好意提醒妳一句吧。自家侍女可要管好，有時候妳待人好，人家未必領情。有些人的心愈養可是會愈大的。」說罷，方悅兒不再看許冷月難看的臉色，轉而向如意說道：「如意姑娘，妳有沒有聽過一句話：『心比天高，命比紙薄』？」

不待如意回答，方悅兒便在侍女們的簇擁下離去。

十、那獨一無二的溫柔

恫嚇了如意一番，心靈獲得極大滿足的方悅兒，心情很好地往飯堂走去。

畢竟心靈是滿足了，可是她的胃還在高呼空虛寂寞冷啊！

前往飯堂的路上，方悅兒遇上路過的段雲飛。結果這位倒楣的前魔教副教主便被門主大人抓個正著，被拉著一起往飯堂走。

「到底爲什麼妳去用早膳，要把我一起拉過去啊!?」段雲飛想不到明明雙方錯開了時間，卻還是得到被人看臉下飯的待遇，心裡感到很崩潰。

自從昨晚與段雲飛一起惹了禍後，方悅兒便對他有了一種「小伙伴」的親切感，也不掩飾著自己的企圖：「看著美顏好下飯啊！」

我就知道！

當雲卓他們得知自家門主終於起床、並且正在飯堂用早膳後，他們便動身前去飯堂找人。結果踏進飯堂便看到眼神死的段雲飛，以及看著他的臉吃得很香的方悅兒。

同時，在庭園商談出結論的梅煜與許冷月也踏進了飯堂，看到眼前的景象都懵了。

是我們推門的方式不對嗎？

這種段雲飛像被惡霸搶來當小媳婦的既視感是怎麼來的!?

雖然以前方悅兒也是看著段雲飛來下飯，可是沒表現得這麼赤裸裸啊！

「大家怎麼都過來了啊？」此時方悅兒已吃得差不多，看到眾人盯著自己，也不介意，就在這些視線下悠然吃著最後幾口。

正常來說，被這麼多人盯著吃東西應該會感到不自在才對。然而這件事發生在方悅兒身上，她卻是一副坦然的模樣，依舊是看一眼段雲飛再吃一口飯。

段雲飛：「……」

這丫頭已臉皮厚得無下限了！

見方悅兒如此神色自若，反而好像是他們大驚小怪似的，於是眾人也就跟著坦然起來……

雲卓道：「我們聽到悅兒妳已經醒來，就想來問一下什麼時候動身。」

方悅兒點頭：「嗯嗯！我也正想找你們討論。當初到白梅山莊只是想要護送兩位梅公子回家，現在目的已經達成，我們繼續打擾下去不太好，也是時候告辭了。」

至於接下來的行程嘛……」

說到這裡，方悅兒看向坐在對面的段雲飛：「也該是時候與阿飛一起去拜訪林盟主，商討一下魔教的事吧？正好林公子也在，說不定還能夠與他同行呢！」

「阿飛？方門主你是在說段公子嗎？」許冷月敏感地抓住了這個新稱呼。

方悅兒也不介意她插話，頷首笑道：「對啊！這稱呼是狐狸教我的，是熟人喚他的暱稱。」

對於方悅兒的解釋，許冷月卻是不信的。連瑾與段雲飛之間的相處她又不是沒見過，何時聽見連瑾喚他「阿飛」了？

雖然有些羨慕方悅兒與段雲飛之間變得親暱的氣氛，可許冷月卻並不想像少女那樣喚對方。

不知爲何，許冷月總覺得剛剛方悅兒喚著青年的那語氣與態度，好像在逗一隻小狗。

不得不說，許冷月眞相了……

昨天晚上連瑾提議喚段雲飛「阿飛」時，方悅兒已經察覺到對方的不懷好意，以及段雲飛心裡的不情願。

只是方悅兒一時想不起這個稱呼有什麼問題，又覺得段雲飛不情願的模樣很有趣，於是就把稱呼定了下來。

也許是日有所思，夜有所夢。心裡好奇著「阿飛」這稱呼到底有什麼特別的方悅兒，卻在睡夢中獲得了答案。

在夢裡，方悅兒縮成小小的幼童模樣，邁著小腳丫子在玄天門閒逛。她走著走著，便看到一名青年站在大門旁。

明明只看到背影，可是夢中的方悅兒立即認出人來：「阿飛！」

青年聞言轉身，頓時露出他那張俊美的臉，果然是段雲飛沒錯。

隨即段雲飛便很歡快地向方悅兒跑來，在奔跑過程中，青年的身體逐漸變形，很快變成一頭棕色的土狗。最詭異的，便是牠（他？）依然頂著段雲飛的臉……

然而夢中的方悅兒卻覺得眼前發生的事理所當然，一點都沒有被這神展開驚嚇到，隨即便與人臉狗阿飛開始互相追逐。

阿飛，追我～

嘻嘻嘻～哈哈哈～

當方悅兒醒來時，她都爲那個充滿魔性的夢驚到了！

接著她後知後覺地想起小時候玄天門養的那隻看門的土狗，好像就是叫「阿飛」……

想到段雲飛對這個稱呼的抗拒，再想到夢裡的阿飛……

方悅兒頓時瘋狂大笑起來，邊笑邊用手捶打身下的床，都笑得肚子疼了，抽風的表現還把侍女們嚇了好一大跳，差點以爲自家門主撞邪了！

回憶結束，方悅兒見許冷月一臉羨慕的模樣，很想告訴她其實喚段雲飛「阿飛」，絕對拉不到對方任何好感，所以她可以不用羨慕。

想起「阿飛」背後的含意後，方悅兒雖覺得很不厚道，可是每次喚對方時都會想起夢中他那副人臉狗的模樣……

雖然覺得好笑，同時卻又覺得溫暖。每次段雲飛一臉鬱悶地回應她的時候，都讓方悅兒有種被青年包容與珍惜著的感覺。

不見段雲飛都不讓連瑾他們這麼喊自己，就只會回應方悅兒一人嗎？這種「人人都不許，唯獨只有自己一人例外」的感覺很令人沉迷，即使方悅兒不像許冷月那樣對段雲飛有著說不出口的企圖，但也不妨礙她享受這種獨一無二的優待。

何況段雲飛難得鬱悶的模樣很有趣，完全勾起了方悅兒的惡趣味，因此對青年的稱呼就這麼愉快地決定了。

方悅兒禮貌回應了一句後，便不再理會許冷月，逕自喜孜孜地道：「武林各門派找了這麼久都找不到阿飛，我一出動就將人領回去了，不知道林盟主會給予我什麼報酬呢？」

說到報酬，方悅兒頓了頓，轉向寇秋問：「話說我們今天便要離開了，秋天你別忘記詢問梅少莊主收取藥費。」

眾人聞言皆嘴角一抽，對於玄天門門主這種「有付出便要有收穫」的堅持，實在不知該做何反應。

想不到發生了這麼多事，這傢伙還牢牢記著啊……

梅煜聞言，立即表明態度：「報酬請向我取就好。」

梅長暉現在的脾氣就像火藥般一觸即爆，柳氏的事梅煜還不敢告訴他，就怕他想不開鬧事。因此梅煜聽到寇秋要收取報酬後立即把事攬到身上，以免刺激到梅長暉又生出事端。

誰來付藥費方悅兒並不在乎，只要寇秋不是做白工就好。

談話間，方悅兒一雙杏眼掃過在場眾人，想著這些事她先前還想在早膳後再討論，想不到在她用膳期間大家不約而同地聚集在飯堂裡……不對，有一個應該會出現的人不在。

「蘇公子呢？他還未起床嗎？」方悅兒不禁感到奇怪，照理許仙子在這裡，她的仰慕者理應巴巴地跟著過來才對啊！

蘇公子又不是妳！如意很想這樣嗆她，不過她也只敢在心裡罵罵而已。剛剛才被方悅兒拿著她的身分說嘴，還明言她「心比天高」，如意一時間不敢太放肆，就怕許冷月真的聽信讒言對自己嚴厲起來，那她就偷雞不著蝕把米了。

「母親有事找他，我就讓他們見見面了。」梅煜說罷，臉上不禁浮現困惑的神情。

據他所知，柳氏與蘇沐華在此之前素不相識，這次蘇沐華前來白梅山莊，也不見柳氏對他另眼相看，怎麼出事後便要求要與他單獨見面呢？

不過柳氏這要求並不算過分，梅煜要是一口拒絕倒顯得不近人情。

於是梅煜便詢問了蘇沐華意見。蘇沐華顯然對柳氏的要求也感驚訝，亦不知柳氏找自己密談的目的，不過還是依言赴約了。這也是現在蘇沐華沒有在許冷月面前刷存在感的原因。

梅煜解釋完蘇沐華的去向後，便取出一封信：「這封信是剛剛有弟子在庭園發現的，不知是誰放在那裡。因爲信上寫明是給段公子，所以我便把信帶來了。」

說罷，梅煜遞出信，信封上果然寫著「段雲飛親啓」五字。

雖然信是在白梅山莊撿到，不過這封信突然出現在庭園實在很不尋常。但既然都寫明是給段雲飛的，出於尊重，梅煜並沒有把信件拆開。

因爲有林靖的前車之鑑，段雲飛先讓寇秋檢驗了下這封來路不明的信，確定信件沒有被人動手腳後，這才拆開信封。

青年一目十行地迅速看了一遍信件內容後，神情變得凝重。他也沒有隱瞞信件內容的意思，很坦然地將信交給梅煜看。

方悅兒也好奇地探頭過去看了看信的內容，大約是寫信的人告訴段雲飛，他知道段雲飛一直在找的東西在何處，並邀約段雲飛前往不久後將要舉辦的維江城中秋綵燈會。

少女看過信的內容後，第一個想法是……

約在維江城中秋綵燈會相見？好浪漫喲！

難道又是一個覬覦阿飛美貌的小妖精!?

隨即方悅兒又注意到信中提到段雲飛「一直在找的東西」。

早在說服段雲飛聯合武林白道一起對付魔教餘孽時，方悅兒便猜到當年青年潛伏在魔教、打敗魔教教主彭琛後飄然遠去的行爲，並不是像外界所傳言那種「爲了正義」的偉大理由，而是因爲段雲飛誤以爲彭琛身上有他想要找尋的東西。

而現在看到這封信的內容，以及段雲飛看完信後的反應，方悅兒已可以確定自己的推測八九不離十。

到底是什麼東西，值得段大魔王追逐多年也不放棄？

好好奇！好想知道耶！

方悅兒體內的八卦之焰頓時洪洪燃燒著。

雲卓等人見狀，頓時心中警鐘大作。他們太了解方悅兒，知道這丫頭平常很容易說話，性格也有些隨遇而安，沒事她可以一直宅在玄天門不出門。可是當她對某件事產生興趣時卻會特別執著，而且不到黃河心不死。

而現在，段雲飛顯然已引起了方悅兒的興趣。雲卓他們不同於方悅兒小時候與段雲飛沒有交情，身爲少年時期的伙伴，他們知道段雲飛在尋找什麼，也明白當中蘊藏的危險。

雲卓等人從未想過要限制方悅兒的活動，可如果事情涉及她的安危，他們還是想要在事情剛開始浮現出來時，捏沒那小小的苗頭。

於是雲卓便提議：「既然段公子有要事要辦，我們也不好勉強他此時前往林家。不如悅兒妳先回玄天門，一切待段公子把事辦好再說。」

可惜方悅兒對雲卓的用心良苦完全不買帳，只見她手一揮，很瀟脫地表示：「反正我回去也沒事要做，就與段公子一起去看看好了。話說維江城的綵燈會遠近馳名，我卻從未逛過呢！正好可以去見識一下。」

方悅兒見雲卓等人不贊同的表情，續道：「何況阿飛要辦的事，對他來說應該很重要的對吧？我們身為朋友，在他有難處時不是應該去幫忙嗎？」

聽到方悅兒的話，雲卓等人遲疑了。

他們是知道段雲飛的目的，也知道這件事對他到底有多重要。要不是顧忌方悅兒的安危，要他們幫忙段雲飛自然是義不容辭。

雲卓深知自己說服不了方悅兒，只得向段雲飛投以求助的目光。

同時他也心想：雖然他們從未厭棄過悅兒武功低弱，可其他人應該不想讓她這個扯後腿的跟著吧？

可惜雲卓的如意算盤卻打不響了，聽完他們對話的段雲飛，竟完全無視對方求救的眼神，淡定地表示歡迎方悅兒同行，頓時讓門主大人樂得找不著東西南北。

原本雲卓還想反對，可是段雲飛接下來的一段話卻讓他們動搖了：「我曾說過，你們對悅兒過於保護，對她並不是好事。你們到底是將她視作門主尊敬，還是只以呵護爲名，把她當成金絲雀般養在鳥籠裡？你們不是應該以整個門派作爲悅兒堅強的後盾，讓她毫無顧忌地做所有想做的事嗎？現在她只是想去看看綵燈會，憑玄天門的力量，難道還怕護不住你們的門主，就連這小小的願望也無法爲她實現？既然如此沒關係，反正我有信心可以保護她，那就讓我來保護好了。」

段雲飛一番話說得酷炫帥霸拽，有氣勢極了！

同時也成功讓雲卓他們開始自省，他們是不是真的對方悅兒保護過度了？

段雲飛初次提出這點時，因爲他那時對方悅兒有著很大的誤解，因此雲卓等人只覺得不以爲然。

可現在，雲卓他們眞的感受到段雲飛是眞心爲方悅兒好。

小鳥長大了，總要有展翅飛翔的時候。

他們可以爲方悅兒的安全做出萬全準備，但不應抹煞了她展開翅膀的機會。

何況方悅兒平時在玄天門一直很乖，鮮少向他們提出什麼要求。現在難得開口說有想要的東西，他們難道連這小小的願望也不能爲她實現，甚至還要段雲飛代勞嗎？

憑什麼！

段雲飛怎能奪走他們養妹妹的樂趣!?

思緒已飄至天邊的雲卓等人，立即像被人踏上地盤的猛虎般，張牙舞爪地宣示主權：「不就是個綵燈會嗎，我們自會帶悅兒去，不勞煩你費心！」

聽到雲卓的話，方悅兒立即歡呼一聲。

門主大人這邊得償所願，可許大小姐的心裡卻很爲難。她當然很想跟著段雲飛走，趁機培養感情把人拿下。更何況方悅兒也會跟著去，這讓許冷月感到十足的危機感。

只是她剛剛成功與梅煜談好退婚的事，總要先回煙雨城的本家一趟，處理好退婚的後續事項。於是許冷月只得無奈地表示：「雖然我也很希望能夠與大家共同進退，可惜我力量低微幫不上忙，而且還有些事須要回本家處理，所以只能暫時與大家分道揚鑣了。」

段雲飛聞言奇怪地看了許冷月一眼，心想他們有這麼熟嗎？這女人把事辦好後不分道揚鑣，難道還打算跟著他們走？她這番話還真奇怪……

幸好心裡滿是離愁別緒的許冷月不知道段雲飛的想法，不然真的要吐血了。

✿

決定了接下來的行程後，方悅兒他們便離開飯堂去找林靖。聽到段雲飛要去維江城時，林靖二話不說便提出同行的要求。

方悅兒對此卻忍不住驚訝。她跟著段雲飛一起去，除了想滿足一下自己的八卦之心，也是希望能夠幫得上忙。可是林靖與段雲飛不僅沒什麼交情，以前還是敵對關係，怎麼他也要跟著去了？

林靖看出方悅兒疑惑的小眼神，笑著解釋：「要是彭琛真的沒死，我們或許須要仰賴段公子的幫忙對付他呢！難得找到段公子，我可要好好抱著這條金大腿才行。」

林靖這番沒臉沒皮的話，頓時換來段雲飛一陣白眼。

方悅兒覺得林靖的話聽起來很合理，但理由卻又似乎不只這些。林靖過來翠霞古城是有任務在身，現在任務完成理應回去彙報才對。他不久前才剛遭遇殺手呢，現在卻打算不當一回事地跟著段雲飛到處跑……似乎對段雲飛的事情太上心了吧？

不過方悅兒沒有從林靖身上感受到惡意，而段雲飛又同意了林靖的同行，因此她也就沒有多說什麼。

隨即眾人便去軟禁柳氏的房間尋找蘇沐華，正好看到人從房間離開，以及站在門邊送客的柳氏。

方悅兒好奇地看了看這位可說是由她與段雲飛一手促成才能抓到的凶手，只見柳氏看起來似乎並沒有受到任何傷害，只是此刻面容憔悴、臉上不施脂粉，看起來像瞬間老了十歲似的。

而且，沒有化妝的柳氏，輪廓看起來似乎與蘇沐華有些相似？

方悅兒想到蘇志強父子倆的容貌並不相像，蘇沐華反而有著柳氏的影子，再想到柳氏曾與梅莊主鬧得差點要和離……該不會是梅莊主的背叛刺激到柳氏，所以柳氏也紅杏出牆了吧!?

方悅兒的腦海中頓時腦補出兩個名門大派之間的愛恨情仇，頓時整個人都不好了！

蘇沐華可不知道方悅兒正想像著蘇家與梅家之間不得說的故事，他得知許冷月已與梅長暉退婚、並決定先回煙雨城處理好事情後，雖已十分努力壓抑，臉上卻止不住地浮現出喜色，並拍著胸口表示要陪同許冷月回去，誓言會好好保護她的安全。

既然眾人皆決定了去向，便不再久留，收拾好行裝後便再次開始各自的旅程。

梅煜把眾人送至大門，並向眾人拱手說道：「祝諸位路途平安。」

青年面目英俊，站在陽光下的他就像鍍上了一層金光似的。方悅兒不禁想起初次見面時，他還只是個不受重視、任梅長暉欺壓的庶子。

想不到只短短時間，他們便經歷了梅莊主被殺、柳氏被捕且軟禁、梅長暉失去繼承權等一連串變故，最終反而是這個溫和又不起眼的庶子，繼承了這座在武林中排得上名號的山莊。

世事無常，不過如此。

方悅兒笑著回以一禮：「珍重。」

眾人再次出發，在那遠近馳名、於中秋節舉辦的維江城綵燈會裡，不知又會有怎樣的危險與機遇等待著他們。

然而想到己方的華麗陣容，方悅兒卻又為那些膽敢找他們麻煩的人默哀了。

只要大家都在一起，她便能無所畏懼！

《門主很忙・卷二》完

後記

大家好，寫這篇後記時正值七月。天氣變得很炎熱了，完全不想出門，只想一直宅在家裡啊！

七月對我來說是個頗爲忙碌的月份，因爲我在六月份去了一直很期待的香格里拉旅行，而《門主很忙02》的截稿日正值七月，結果嘛……正所謂「享多少福，就遭多少罪」，把工作擱置然後跑去旅行的後果，便是回到香港以後忙成狗了。（乖的孩子不要學喔！）

另外我在臉書專頁「香草遊樂園」舉辦的「《夜之賢者》繪圖活動」，以及在另一個專頁「香草動物園」舉辦的「明信片活動」，也是在七月份結束。感覺好像很多事情都堆在一起似的呢……QAQ

幸好今年我偷懶了，沒有報名參加古箏考試。不然古箏的考試也是在七月，我一定會爆肝的！

六月之旅我其實並不只到訪了香格里拉，還有麗江、大理、昆明這些地方。香格里拉與麗江相對純樸，景色非常美麗；至於大理與昆明這兩座城市則比較商業化。

旅行時正值玫瑰盛放的季節，雲南到處可見以花朵所製的鮮花餅，特別又美味，大家到雲南旅行可以一試！

不過雲南這幾處地方都算是高海拔地區，尤其香格里拉更是超過海拔三千公尺。因此大家出發前請先衡量自己的身體狀況，注意身體能否適應高海拔的環境喔！

這次的旅行團就有非常多的團友出現高原反應，我是沒事啦，不過其他團員倒是倒了九成（驚人的比例！），有很多行程他們也因為身體不適而無法參與，非常可惜。

高原反應中，頭痛、氣喘、無法睡覺等等已經算是輕微了。有團友不停嘔吐了兩天，結果須要到醫院輸液。也有團友上半身腫脹、有截肢的風險，須要緊急送返香港……

這還是我第一次旅行時遇上這種狀況，雖然慶幸自己沒事，但看到他們那麼辛苦也覺得太慘了，身體健康眞的很重要喔！

雲南除了景色非常美麗，當地的人民也很純樸。

記得我們到納帕海（納帕海其實是位於香格里拉的淡水湖泊，因爲高原地區沒有海，藏民把大型湖泊都稱爲『海』XD）觀光時，在依拉草原騎馬時接觸到不少正在放牧的藏民。

馬匹深入草原後我便停下來拍照，當地一個藏族小孩還很好奇地詢問我：「有什麼特別的地方嗎？爲什麼要拍馬吃草的照片呢？」

接著當我們經過一座牧場，遠遠看到一輛挖掘機時，那孩子很興奮地向我介紹：「這是挖土機喔！」

對我這個城市人來說，大草原與馬匹是平常鮮少接觸的事物；而對於藏族人民來說，挖土機則是難得一見的東西。這個反差感覺滿有趣的，另外藏族的孩子都好可愛！

雖然雙方的普通話都不太好，但還是聊得很愉快。大家旅行時也可以多與當地人聊聊喔，可以更了解當地的風土人情呢！

大家看到《門主》的第二集時，應該正值炎熱的八月份對吧？寫小說時，如果內容的合理性能剛好許可的話，故事中的季節我都會盡量配合小說上市的日期。現在《門主很忙》的故事中，小悅兒正與大家一樣經歷著炎熱的夏季呢！

在這麼炎熱的天氣到處跑，對於怕熱的小悅兒來說，應該是一件很痛苦的事情吧XD

在這一集中，玄天門眾人成功護送梅長暉他們來到了白梅山莊，然而山莊卻出了大事！段雲飛當了一回偵探，小悅兒身爲跟班，與他一起夜探山莊，雙方的好感度都嗖嗖地往上升了呢！

下一集，故事的一些謎團也會漸漸浮出水面了。

到底段雲飛一直在找的東西是什麼？在白梅山莊留信給段雲飛的人又是誰？段雲飛能夠成功獲得他想要的東西嗎？

敬請大家期待囉！

香草

❀香草臉書專頁關鍵字：香草遊樂園、香草動物園

門主很忙

門主很忙

【下集預告】

因為神祕人的一封信，眾人來到了維江城。
中秋綵燈會熱鬧璀璨，光明背後卻有陰影蠢蠢欲動。
綵燈會撮合了不少才子佳人，
小悅兒的芳心也跟著怦怦亂跳。
而段雲飛，能成功獲得他一直追尋的東西嗎？

卷三．〈維江燈會〉 熱熱鬧鬧登場！

國人輕小說新鮮力！

魔豆文化推薦好書

魔豆

跳脫框框的奇想

米米爾／最新作品

這個穿越不太一樣！
請留意天空有龐然大物來襲！

遙遠異星上，有各式神奇的動植物，以及與地球相似卻又自成一格的生活……

為父親守靈的夜晚，少女穿越到了諾瓦星。
與名叫「齊」的魔法結界師無預警簽訂契約後，她接受「受召者」的身分，展開新世界的探索。

這裡的人們畏懼一種名為「鱗蟲」的謎樣巨型生物，牠們形似蜜蜂，以人類生命為食；
人類魔法師則用色彩魔法製造幻象、編織結界，並用牠們的堅硬軀殼打造武器，與之對抗。

地球人為何被召喚來此？鱗蟲又為何憤怒？
此時，一場七夕祭所引發的連環效應，為他們停留的地底村落，帶來歷史重演的慘劇……

鱗之盡（陸續出版）

其他精彩系列／**天夜偵探事件簿**
天夜偵探事件簿 非人妖異篇

魔豆文化全書系

醉琉璃／作品

春秋異聞系列（全七冊）

緊急收假，新夥伴集合！夏夜不思議的宿舍大探險。

織女系列（全八冊，番外一冊）

揉合神話與青春校園的奇幻冒險！被迫訂下契約的一刻，將展開熱血的打怪繪卷！

神使繪卷系列（全十六冊，番外一冊）

《織女》二部來襲！神使公會曝光，舊夥伴、新搭檔陸續登場——

香草／作品

門主很忙系列（陸續出版）

不靠譜的少女門主下山跑任務！熱鬧、嘴炮不斷的武林輕遊記。

傭兵公主系列（全六冊，番外一冊）

脫掉裙子、剪去長髮，誰說公主不能大冒險！心跳100%，詭異夥伴相隨的刺激旅程。

懶散勇者物語系列（全十冊）

每隔數百年，眞神會從我們的世界挑選勇者，但這次的勇者大人，有點不一樣……

琉璃仙子系列（全四冊）

難解預言、一分爲二的神力，史無前例尋人任務，黃金單身漢一文二武通通撩落去！

異眼房東的日常生活系列（全六冊）

管他冷酷硬漢健身狂，還是傲嬌無敵高富帥，異眼房東急募見鬼隊友！

夜之賢者系列（全八冊）

神奇卷軸、霸氣魔寵，正太蘿莉相伴。刺激溫馨的作家贖罪之旅，重啓命運新局！

林熹／作品

靈魂通判系列（陸續出版）

無限期代理判官哀怨上任！白天辦公，晚上辦案，人界少女橫跨三界的職場冒險記！

林綠／作品

Sea voice古董店系列（全七冊）

毒舌美人店長×呆萌高中生店員，主僕倆不離不棄、血淚羈絆（?）的共患難日常。

眼見爲憑系列（全七冊）

負責打雜的校草喪門，迫於人情加入靈研社，竟捲入一連串不可思議的事件……

天下無聊／作品

殺行者系列（全九冊）

《殺手行不行》新篇登場！等級提升的阿司，這次將迎接威風凜凜的殺手新生活！

殺手行不行系列（全七冊）

一切都從那年收到的生日禮物——德國手槍開始，超幸運的殺手生活於焉展開！

魚璣／作品——**陰陽侍（全五冊）**　可蕊／作品——**奇幻旅途系列（全七冊）**

倚華／作品——**東陸記系列（全四冊）**　明日葉／作品——**外星少女要得諾貝爾和平獎**

路邊攤／作品——**見鬼社**

國家圖書館出版品預行編目資料

門主很忙／香草著.——初版.——台北市：魔豆文化出版：蓋亞文化發行，2017.08
冊；公分.（fresh；FS140）
ISBN 978-986-95169-4-5（第2冊；平裝）

857.7 106008048

fresh FS140

門主很忙 卷二

作者／香草
插畫／天藍　　封面設計／克里斯
出版社／魔豆文化有限公司
地址◎台北市103赤峰街41巷7號1樓
電話◎（02）25585438　傳真◎（02）25585439
部落格◎gaeabooks.pixnet.net/blog
臉書◎www.facebook.com/Gaeabooks
電子信箱◎gaea@gaeabooks.com.tw
投稿信箱◎editor@gaeabooks.com.tw
郵撥帳號◎19769541　戶名：蓋亞文化有限公司
發行／蓋亞文化有限公司
法律顧問／宇達經貿法律事務所
總經銷／聯合發行股份有限公司
地址◎新北市新店區寶橋路二三五巷六弄六號二樓
電話◎（02）29178022　傳真◎（02）29156275
港澳地區／一代匯集
地址◎九龍旺角塘尾道64號龍駒企業大廈10樓B&D室
電話◎（852）2783-8102　傳真◎（852）2396-0050
初版一刷／2017年8月
定價／新台幣180元
PrintedinTaiwan

ISBN／978-986-95169-4-5

FS140

MASTER IS BUSY

門主很忙

卷二・山莊命案

魔豆文化 讀者迴響

感謝您在茫茫書海中選擇了魔豆，您的支持是我們最大的動力。
不要缺席喔，讓我們一起乘著夢想的羽翼，穿越時空遨遊天地！

姓名：　　性別：□男□女　　出生日期：　年　月　日
聯絡電話：　　手機：
學歷：□小學□國中□高中□大學□研究所　　職業：
E-mail：　　（請正確填寫）
通訊地址：□□□
本書購自：　　縣市　　書店　□網路書店
何處得知本書消息：□逛書店□親友推薦□DM廣告□網路□雜誌報導
是否購買過魔豆其他書籍：□是，書名：　　□否，首次購買
購買本書的動機是：□封面很吸引人□書名取得很讚□喜歡作者□價格便宜 □其他
是否參加過魔豆所舉辦的活動： □有，參加過　　場　　□無，因爲
喜歡出版社製作什麼樣的贈品： □書卡□文具用品□衣服□作者簽名□海報□無所謂□其他：
您對本書的意見： ◎內容／□滿意□尚可□待改進　　◎編輯／□滿意□尚可□待改進 ◎封面設計／□滿意□尚可□待改進　◎定價／□滿意□尚可□待改進
推薦好友，讓他們一起分享出版訊息，享有購書優惠 1.姓名：　　e-mail： 2.姓名：　　e-mail：
其他建議：

◎請沿虛綫剪開、對摺、裝訂後寄出

◎請沿虛線剪開、對摺、裝訂後寄出

廣告回信郵資免付
台北郵局登記證
台北廣字第675號

魔豆文化有限公司　收

103台北市赤峰街41巷7號1樓

魔豆

魔豆